CHRISTIAN STRZODA

Nur ein Job

BUCH

Begeben Sie sich in einem Rettungswagen auf die Reise zu Einsätzen, die das Leben schreibt. Zwanzig authentische Kurzgeschichten vermitteln den Dienst am Menschen aus Sicht eines Rettungsassistenten. Irgendwo in Deutschland.

AUTOR

Christian Strzoda, Jahrgang 1974, Rettungsassistent und Schriftsteller aus Leidenschaft. An circa 2000 Stunden pro Jahr leistet er Dienst in einer Gegend, in der das Einsatzgeschehen innerhalb der letzten Jahre rapide angestiegen ist. Er erlebt es am eigenen Leib und weiß, wovon er schreibt.

Bibliografische Information der Deutschen Nationalbibliothek
Die Deutsche Nationalbibliothek verzeichnet diese Publikation in der Deutschen Nationalbibliografie; detaillierte bibliografische Daten sind im Internet abrufbar über http://dnb.d-nb.de.

Originalausgabe
Herstellung und Verlag: Books on Demand GmbH, Norderstedt
ISBN 978-3 842 35785 3

Printed in Germany
Nach den Regeln der neuen Rechtschreibung

www.nur-ein-job.info

Nur ein Job

Kurzgeschichten aus dem Rettungsdienst

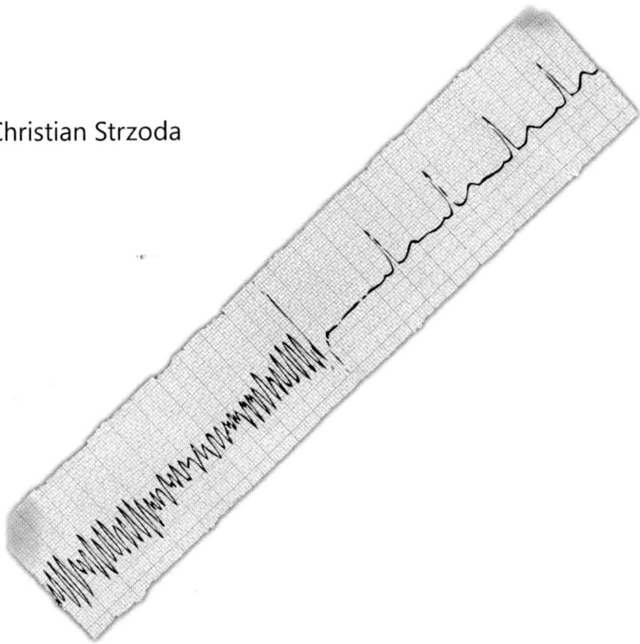

Christian Strzoda

Books on Demand GmbH, Norderstedt

Für Loni

Inhalt

Vorwort und Gebrauchsanleitung

»Nur ein Job« ist ein Buch über Empfindungen und Eindrücke eines Rettungsassistenten während seiner Notfalleinsätze. Lesen Sie, wie es ist, Menschen den Tod eines geliebten Angehörigen mitteilen zu müssen. Oder selbst dabei zu sein, wenn jemand geht.

»Verkehrsunfall - zwei Menschen sterben in den Trümmern«, »Mann springt von Dach« oder »drei Tote bei Häuserbrand«: Wenn Sie in der Tageszeitung von Unglücken dieser Art lesen - haben Sie sich nicht schon einmal gefragt, wie es überhaupt dazu kommen konnte? Jeder Einsatz hat eine Vorgeschichte.

Dennoch - so interessant das reale (Rettungsdienst-) Leben ist: Es enthält keinen Plot. Deshalb sind alle von mir niedergeschriebenen Kurzgeschichten zwar authentisch, aber zugunsten der dramaturgischen Entwicklung gelegentlich und fiktional umgeschrieben. Ausnahmslos alle Personen existieren. Die Namen wurden allerdings zu deren Schutz geändert.

Wenn Sie meinen zu wissen, was in einem Rettungsfahrzeug oder am Einsatz tatsächlich abläuft, haben Sie sich getäuscht. Lassen Sie sich überraschen.

Sie können dieses Buch gerne in einem Stück lesen. Es ist aber so konzipiert, dass Sie es einfach aufschlagen und mittendrin einsteigen können. Für denjenigen, der sich medizinische Informationen erhofft: Dies ist kein medizinisches

Fachbuch. Kaufen Sie sich hierzu lieber ein Werk von Pschyrembel, Sobotta, Lippert oder Gray.

Ist Rettungsassistent zu sein eine Lebenseinstellung? Eine philosophische Frage, die sich letztendlich jeder selbst beantworten muss. Auf jeden Fall ist es eines: nur ein Job.

Viel Spaß auf der Reise in einem Rettungswagen zu Einsätzen, die das Leben schreibt - irgendwo in Deutschland.

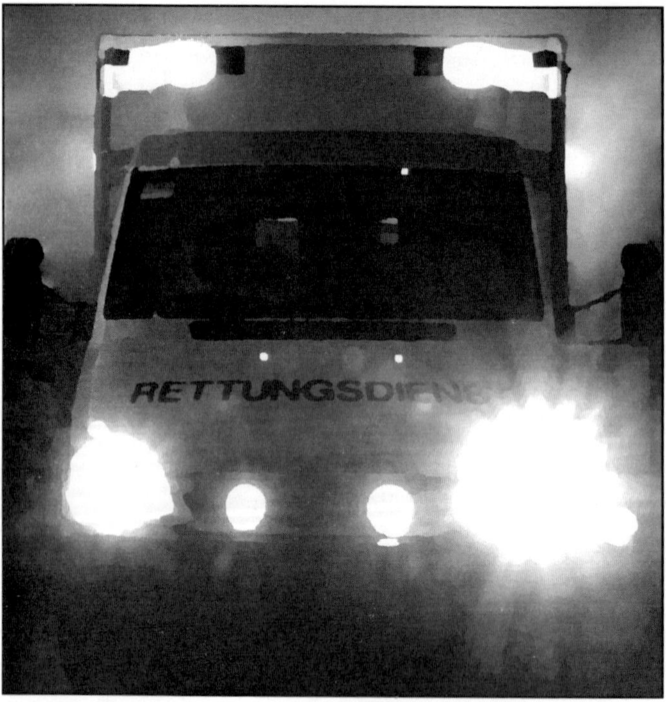

Ausgelöscht

Wieder Überstunden. Wieder das Knistern im Funkgerät. Wieder ein Einsatz, der elfte innerhalb von sechs Stunden. Wieder das Martinshorn, das die meisten Autofahrer so kalt lässt und den Durchschnittsbürger verärgert, weil dieser Lärm nicht gut ertragen kann. Der Bürger hasst uns dafür. Willkommen im Rettungsdienst.

Gepiepse und Vibration. Minuten, nachdem der zigarettenschachtelgroße schwarze Alarmempfänger ausgelöst hat, komme ich endlich zu mir. Eine LED blinkt im Takt, bis ich auf einen Knopf gedrückt habe, der hinter einer abgenudelten blass-roten Randgummierung liegt. Wie durch Watte dringt der Einsatz an mein Ohr. Ich notiere ihn auf einem Schmierzettel, den ich anschließend ohnehin nicht mehr wiederfinde. Ein Verkehrsunfall.

Mit Lennart Strasser verbringe ich die meisten meiner Dienste im Rettungswagen. Lennarts raue Stimme sticht überall hervor wie ein Wolf aus einer Herde Schafe. Seinen ehemaligen Job als Groß- und Außenhandelskaufmann hatte er schon lange vor meinem Start im Rettungsdienst an den Nagel gehängt. Als überaus herzlichem Menschen liegt ihm das Retten wesentlich besser, als das Bequatschen irgendwelcher ahnungsloser Kunden, denen er eine Spülmaschine andrehen soll. Einen offeneren und direkteren Kollegen als Lennart gibt es nicht. Wir passen auch deswegen gut zusammen. Nur das Rauchen hat er sich nie abgewöhnen können. Nach einjähriger Phase ohne Glimmstängel brach das Durchhaltevermögen jämmerlich ein. Lennart fing an, sich nach einem Dienst mit einem schmackhaften Zigarillo zu belohnen. Diese Geste mutierte bald erneut zur Sucht - der Zigarillo hatte die Zigarette endgültig abgelöst. Gleich schädlich für den Raucher, aber dafür lästiger für das Umfeld. Alle nennen Lennart nur Lenny.

Lenny tippt etwas in sein Navigationsgerät ein. Tor auf, Automatik auf »D«. Statusänderung. Hetzen zum Zielort.

Kalte frische Luft dringt durch das leicht geöffnete Seitenfenster. Der Herbst lässt Gold vom kalten Blau des Himmels regnen und in pastellfarbenem Bunt glänzen.

Solarisation.

Das Himmelweiß sticht wie ein Pfeil durch meinen Kopf, in meinem Hirn hämmert ein Schlagzeuger. Lennys zuschlagende Tür produziert eine Welle spitzer Impulse. Schmerz in meinen Schläfen und im Hinterkopf. Wir sind die Dritten, die am Unfallort eintreffen.

Ein Bild des Grauens.

Ein silberner Skoda hat sich auf einer langen, geraden Landstraße während eines missglückten Überholmanövers ins Feld überschlagen und Bremsspuren auf den grauen Asphalt radiert. Alle Insassen wurden dabei aus dem Auto geschleudert, drei insgesamt. Ein anderes Team ist gerade dabei, die Fahrerin wiederzubeleben. Sie scheint schwanger, ist es aber nicht. Durch einen Arterienabriss strömen Unmengen an Blut in ihren Bauchraum ein und blasen ihn auf. Ihr Leben wird kurze Zeit später beendet sein.

Stille.

Stillstand.

Ich brauche mindestens eine Minute, bis ich die Tragweite der Szenerie erkenne und handlungsfähig werde. Die Geräusche kehren allmählich in mein Bewusstsein zurück, als würde ein Mischer im Tonstudio den Lautstärke-Regler nach oben ziehen. Ein kleines Mädchen und ein Junge liegen in einiger Entfernung im Feld und schreien. Gellendes Fortissimo, wie ein unendlich scharfes Messer, das wie nichts durch mein Rückenmark schneidet. Blut rinnt aus Mund und Ohr des Jungen. Es riecht nach verbranntem Gummi und Benzin. Und nach Herbst.

Lagemeldung.

»Zwei Mal schwer verletzt, ein Patient mit Schock. Eine laufende Reanimation. Wir brauchen zusätzlich zwei Hubschrauber und das Kriseninterventionsteam.«

Eduard, der Kollege der anderen Besatzung, steht blass neben einem der beiden Kinder. Seine mit tiefen Furchen durchzogene Miene ist versteinert. Das graue schüttere Haar ist durcheinander, seine Unterlippe zittert. Er möchte etwas tun, kann es aber nicht. »Kümmer' dich um das Mädchen! Ich nehme den Jungen«, rufe ich ihm zu. Hektisch und gelöst vor Dankbarkeit, das leichter verletzte Mädchen versorgen zu dürfen, verschwindet er in seinem Rettungswagen.

Mein Kind wird vermutlich sterben.

Eine arterielle Blutung irgendwo im Körper lässt Hoffnungslosigkeit aufkommen. Das Schreien wird leiser, der Blick glasig und langsam. Durch das Seitenfenster sehe ich einen gelockten jungen Mann in Jeans und Holzfällerhemd. Mit aufgerissenen Augen und gefletschten Zähnen läuft er auf den Einsatzort zu, als müsste er seinem eigenen Tod ins Gesicht sehen. Beklemmung legt sich um meine Brust und nimmt mir den Atem. Ich bin mir fast sicher, dass dies der Vater der Kinder und Ehemann der Verunglückten ist. Vermutlich ist er die Strecke seiner Frau abgefahren, nachdem sie mit den Kindern nicht nach Hause gekommen war. Der Mann ist hiermit für immer traumatisiert. Und es ist niemand da, der ihn auffangen und vom Betreten der Unglücksstelle abhalten wird. Ich würde jetzt am liebsten aussteigen und dem Mann beistehen. Aber dafür habe ich keine Zeit.

Wenn ich morgen in der Kinderklinik anrufe, werde ich vom Tod des Jungen erfahren. Er wird auf dem Flug in die Klinik verbluten. Ich werde realisieren, dass ein Teil einer Familie aufgrund einer Unachtsamkeit ausgelöscht wurde und nur das Mädchen Glück hatte. Sofern man hier von Glück sprechen kann.

Übergabe an die Besatzung des Hubschraubers. Der Notarzt sieht mich über den Rand seiner Nickelbrille an: »Kinder sterben einfach am falschen Ende des Lebens.« Dann verschwindet er und lässt uns zurück.

Es ist zu Ende. Mittlerweile ist die Sonne hinter dem wolkenfreien Horizont verschwunden und eine herbstliche Abenddämmerung beginnt. Wir machen uns auf den Heimweg. Autos fahren wie in Zeitlupe an mir vorbei, still und langsam. Der Tontechniker in meinem Hirn hat den Lautstärkeregler wieder nach unten gezogen. Menschen sehen uns, beobachten uns durch hässliche, schrecklich verzerrte Masken. Sie hoffen, dass wir woanders hinfahren.

Nicht zu ihnen nach Hause.

Nicht zu ihren Liebsten.

Titty-Twister

Der Job eines Rettungsassistenten besteht in der Regel zu achtzig Prozent aus Krankentransporten und zu zwanzig Prozent aus Notfall- und Notarzteinsätzen. Krankentransporte gehören organisatorisch zu den oberhalb von Taxifahrten angesiedelten Einsatzarten. Sie bedeuten, dass Patient X während des Transportes unmittelbare medizinische Betreuung benötigt. Beispielsweise erhält der Patient während der Fahrt Blutzucker- und Blutdruckmessungen oder Sauerstoff. Bei mindestens zwei Dritteln der Krankentransporte benötigt der Patient überhaupt nichts außer einem Taxi nach irgendwo hin. Theoretisch zahlt eine Krankenkasse auch die Taxifahrten. Da das Genehmigungsverfahren unangenehmer ist und dem beauftragenden Herrn Dr. med. Y Abrechnungsmodalitäten mit Taxiunternehmen zu blöd sind, ruft er einfach uns. Weshalb denn den ganzen Kram ausfüllen? Wir sind schließlich schnell da, transportieren fast immer und hinterfragen viel zu wenig. Häufig fehlt eine Ein- oder Überweisung oder der Transportschein. Letzterer stellt aber die Fahrkarte dar. Meistens fehlt alles zusammen. Selten finden wir überhaupt irgendwelche Informationen. Aber welchen Nutzen hat schon kryptisches Ärztegekritzel auf einem Stück Klopapier?

Wenn das Transporträtsel geklärt ist, kommen wir zur Frage, wie schnell das Fahrzeug kommen soll. Sei es der Hausarzt, ein Angehöriger oder sonst wer - einen Standpunkt vertreten alle: Zwei Stunden kann ein Patient mit

Grippe auf gar keinen Fall warten. Die finale Waffe: Der Krankentransport wird zum Notfalleinsatz erklärt.

Gelegentlich begegnen wir wirklich kranken Menschen. Oft auch Menschen, die sich irgendwelche Krankheiten einbilden. Aber noch häufiger treffen wir auf neurotische Angehörige, die Teile ihrer Verwandtschaft jetzt gerne im Krankenhaus sehen würden. Vor allem ist dies vor Feiertagen wie Weihnachten oder Pfingsten eine sehr willkommene Abwechslung für den Angehörigen. Im Krankenhaus gibt es schließlich eine praktische Rundum-Versorgung mit Zimmerservice für den lästigen, am Feiertag störenden Pflegefall.

Für ein solches Ereignis muss ein spezieller Umstand her - der richtige Zeitpunkt der Einweisung. Das »Wann«. Nein, tagsüber schiebt man keine Patienten in ein Krankenhaus ab. Auch nicht vormittags. Hier besteht grundsätzlich die Gefahr, dass der Patient nach zwei Stunden zurück in die Obhut der Angehörigen entlassen wird. Und zwar geschieht dies, nachdem er nach allen Regeln der ärztlichen Kunst durchgecheckt wurde und der Arzt eines festgestellt hat: nämlich nichts. Der perfekte Zeitpunkt für dieses perfide Unterfangen ist halb drei Uhr morgens. Dann, wenn alles schläft und kein Arzt der Welt einen neuen Rekord in Sachen Schnelligkeit aufstellen würde, wenn es der Patient nicht zwingend benötigt. Und so wird es auch heute Nacht wieder sein.

Das Telefon, das eine Standleitung zur Leitstelle bereitstellt, holt Lenny und mich aus der nächtlichen Bewusstlosigkeit in die Realität zurück. Auf der anderen Seite: ein gewohnt ahnungsloser Disponent. Ein Spezialauftrag. Eine Patientin ist angeblich unklar erkrankt. Heutzutage sind die Disponenten aus irgendeinem Grund nicht mehr gewillt, differenzierte Meldebilder an uns Retter abzuliefern. »Die Angehörigen wünschen einen Krankenwagen«, heißt es noch. Auf meine Frage an den Disponenten, weshalb denn kein ärztlicher Bereitschaftsdienst hingeschickt wurde, kommt als Antwort: »Weil wir das so entschieden haben.« Die Entscheidungsfreudigkeit einiger Disponenten endet öfter im Nirwana, als der Central Park Tower in Tokyo Schrauben verbaut hat. Glauben Sie mir: Auf einhundertsiebenundsechzig Metern Höhe und sechsundvierzig Stockwerken kann man eine Menge davon unterbringen. Die Notrufleitung - Ihr klassisches Wunschkonzert. 112 - wir sind für jeden Spaß zu haben.

Um zwei Uhr und fünfundvierzig Minuten rollen wir vor das Ziel und schalten das von der Leitstelle gewünschte Blaulicht ab. Die Patientin ist eine achtzigjährige rüstige Rentnerin, der unser Einsatz gehörig gegen den Strich geht.

»Das ist meine Mutter. Vorhin war ihr schlecht.« Wie eine englische Adelige sieht uns die Tochter über den Rand ihrer goldenen Brille an. Die Haare im Dutt, die Arme verschränkt. Die Mundwinkel nach unten gezogen. Um diese Uhrzeit ist mir ebenfalls nicht nach Lächeln zumute.

»Einmal oder mehrfach?« Ich greife das Stethoskop und untersuche die alte Dame.

»Nur einmal. Außerdem schmerzt ihre Arthrose.«

Ein EKG wie das einer Zwanzigjährigen. Die Lunge frei von Geräuschen, Puls regelmäßig. Darmgeräusche wohlklingend. Aussehen: genervt, sonst unauffällig. Weniger Vorerkrankungen, als der durchschnittliche Mitarbeiter im Rettungsdienst. Und jetzt?

»Haben Sie es denn schon beim Hausarzt Ihrer Mutter oder dem ärztlichen Bereitschaftsdienst versucht?« Ich sehe zu Lenny, der den Telefonhörer bereits in der Hand hält, um den Hausarzt zu informieren.

»Nein, meine Mutter *muss* ins Krankenhaus. Morgen ist doch Feiertag.« Und am Feiertag möchte die Tochter scheinbar gerne ihre Ruhe. »Ein Feiertag ist kein Grund, jemanden in ein Krankenhaus zu fahren«, ist meine Reaktion. Die Oma lächelt. »Stellen Sie sich doch mal vor: Ein Transport ist für Ihre Mutter total unangenehm.« Für uns auch. »Wir würden sie ins Krankenhaus bringen, sie würde dort untersucht.« Der Arzt findet aber nichts, ist sauer auf uns und stellt unsere Kompetenz infrage. »Man wird nichts finden. Ihre Mutter nimmt ein Medikament, das nächtliche Übelkeit hervorruft. Ihr Hausarzt könnte ihr ein Mittel gegen diese Übelkeit geben«, sage ich. Und wir könnten uns endlich wieder zurück ins Bett legen, denke ich.

Die Tochter legt die Stirn in Falten. Der Plan droht zu scheitern, die Mutter für ein paar erholsame Tage abzuschieben. Lenny befindet sich bereits im Gespräch mit dem Bereitschaftsdienst. In der nächsten Viertelstunde erwarten wir den Arzt. Eine Viertelstunde kann ganz schön lang werden, wenn man bereits alles Nötige getan und untersucht hat - besonders um vier Uhr fünfzehn. Lenny tritt auf der Stelle. Durch den Schichtdienst der letzten zwei Wochen ist er müde und ungeduldig wie ein kleines Kind.

Lenny steht schon eine geraume Zeit dieser besagten Viertelstunde vor der Patientin und mustert sie. Ihr Bauch hat es ihm dabei besonders angetan. Er tritt vor die alte Dame und piekt ohne Ankündigung mit ausgestrecktem Zeigefinger in den Hügel, der wie ein Artefakt in der Bauchmitte zur Erkundung einlädt. Etwas Weiches. »Was ist denn das da?« Epische Worte, denen unangenehme Stille im Raum folgt. Die alte Dame blickt verzückt zu Lenny, die Tochter steht mit aufgerissenen Augen da, wie ein Vulkan kurz vor einem Ausbruch. Bei der achtzigjährigen Dame hat die Zeit ihre Spuren hinterlassen. Kein frischer Teint mehr. Auch könnte sie die Grenzen der Physik nur durch einen perfekt sitzenden BH überlisten, den sie aber nicht hat. Wo keinerlei Spannung mehr vorhanden ist, fällt alles nach den Regeln der Erdanziehungskraft. Ich wage es nicht, mich zu bewegen. Nur meine Augen streifen langsam zur Tochter, gespannt auf die Reaktion.

»Nun ... *das* da ist eine weibliche Brust.«

Ihre Antwort entlädt sich in die Raummitte wie ein Vorschlaghammer beim Hau-den-Lukas. Lennys Kopf gleicht einem Feuerwehrauto, auf dem das Blaulicht fehlt. Doch anstatt jetzt einfach nichts mehr dazu zu sagen und den Fuß aus dem Fettnapf herauszuziehen, holt Lenny weiter aus. Die Bemerkung, er hätte während der Untersuchung ursprünglich an einen Krebstumor oder so etwas Ähnliches gedacht, trug nicht zur Entspannung der Lage bei. Nach weiteren fünf Minuten schweigsamen Wartens schellt die Glocke der Haustür. Endlich. Der ärztliche Bereitschaftsdienst ist ebenfalls der Meinung, die Patientin solle über die Feiertage besser zu Hause bleiben. Wir fahren wieder zurück zur Wache. Trinkgeld: Fehlanzeige - das war mir bereits klar, als wir die Wohnung betreten hatten.

Lenny hat ab sofort einen neuen Spitznamen. Er ist nun der Titty-Twister.

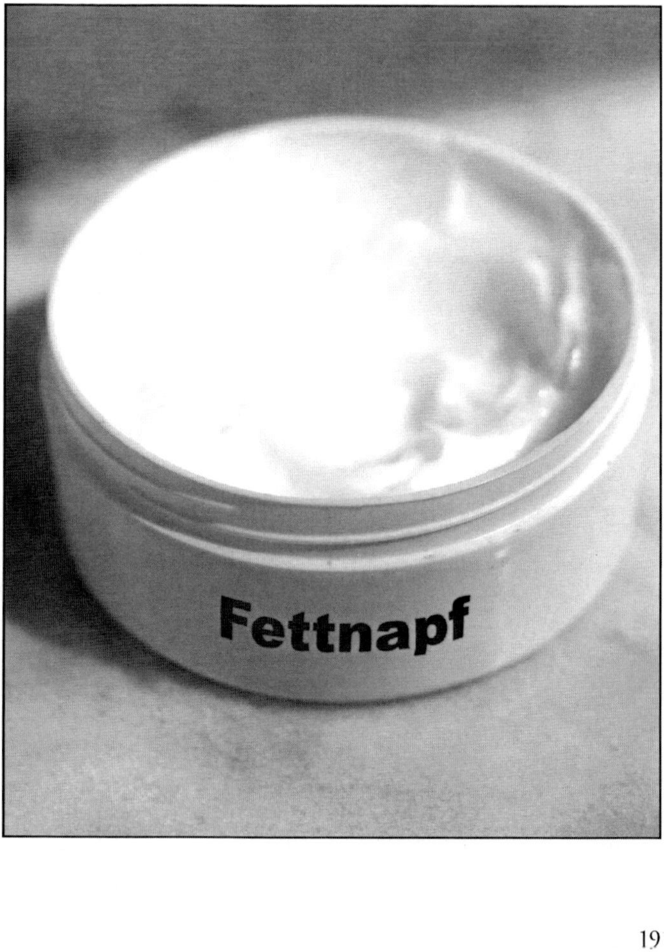

Sommertag

Meine Reise in die Vergangenheit findet an dieser Kreuzung statt. Ornamente schönen die Bretter des Kreuzes am Straßenrand. Die Intarsien erinnern mich an meine Grundschulzeit, weil meine Schrift damals noch so schön geschwungen war. Serifenreiche Buchstaben prägen die Mitte des Querbalkens wie ein Relief. Marie. Vier Grablichter auf dem Balken flackern vor sich hin - irgendjemand muss vor Kurzem hier gewesen sein. Dabei ist es schon elf Jahre her. Für mich eine halbe Ewigkeit.

Juli 1999. Rückblick.

»Also, ich bin dann weg«, sagte sie noch zu ihrer Mutter und warf ihr ein Küsschen zu. Sie wollte sich mit ihrem Freund treffen. Ihrem Noch-Freund, denn sie wollte ihn an diesem Tag verlassen. Als zweite Geige war sie sich zu schade. Hätte er sich endlich von seiner Ehefrau scheiden lassen, wäre sie bei ihm geblieben. Seitdem die beiden ein Paar waren, belastete sie sein zunehmend schlechter psychischer Zustand. Er litt unter Depressionen und zeigte sich emotional oft instabil. Und eine Woche zuvor hatte er seinen Job verloren. »Wir müssen reden!«, sagte sie zu ihm. Er wusste sofort, worum es ihr ging.

An besagtem Tag schrieben wir die Stunde Null.

Dort, wo jetzt das hölzerne Kreuz steht, saßen sie in seinem Auto und stritten abermals um das Gleiche. »Ich möchte nicht mehr. Ich mache Schluss!«, sagte sie ihm endlich auf den Kopf zu. Sie zog am Türgriff und stieg aus seinem rostigen Opel Astra, an dem der schwarze Türgriff der Fahrertür fehlte. Der Lack blätterte wie Schneeflocken vom linken Kotflügel ab.

Trigger.

Die Venen traten an den Schläfen seines im Verhältnis viel zu großen Kopfes wutrot hervor, während seine Miene zu Eis erstarrte. Er stieg ebenfalls aus dem Auto, ging herum und ihr hinterher. Langsam und bedacht.

Mit absoluter Entschlossenheit, jetzt alles zu klären.

In gleicher Sekunde kam ein weißer Lieferwagen angefahren. Zwei Handwerker, die zu einem Auftrag wollten. Aus ihrer Sicht stand der blaue Opel mit geöffneten Türen am linken Straßenrand. Die junge Frau stürzte den beiden Handwerkern entgegen, ihr Gesicht in Todesangst verzeichnet. Hilfeschreie verhallten in einem Stakkato. Und während der gerade eben Verlassene in Richtung der Frau schritt, zog er in Zeitlupe eine großkalibrige Pistole unter seiner Jacke hervor. Er legte an. Ohne zu zögern drückte er ab und traf sein Ziel. Das Projektil bohrte sich durch den Hinterkopf der jungen Frau, die auf der Stelle zusammenbrach und quer auf dem heißen Asphalt liegen blieb.

Der Lieferwagen mit den beiden Männern kam unmittelbar vor der jungen Frau zum Stehen.

Keiner schrie mehr. Keiner bewegte sich. Niemand atmete. Die Zeit schien eingefroren.

Blut sickerte aus dem Kopf der Frau, die Augen halb geöffnet. Der Schütze stand noch immer mit gesenkter Waffe vor seinem Fahrzeug. Er hob seinen Kopf, registrierte den Lieferwagen und ging zielstrebig auf die Männer zu, feuerte im Gehen einige Schüsse auf deren Frontscheibe. Patronenhülsen fielen zu Boden und wurden später mit weißer Kreide umrandet. Dann machte er kehrt, sprang in seinen Opel und verließ die Szenerie, als ob er ein Rennen gewinnen wollte.

Einige Sekunden danach hätte man das Ticken einer Uhr hören können.

In der Mittagshitze hatten sich sogar die Vögel irgendwo hin verkrochen. Der Tag lief für Lenny und mich bis jetzt stressfrei. Eine willkommene Abwechslung für uns. Einfach nur Kaffee trinken, essen und reden. Und nichts tun müssen, dachte ich. Sirenen heulten in der Umgebung, kurz darauf erreichte uns der Alarm.

Als wir mit unserem Rettungswagen eintrafen, wehte ein heißer Westwind und trug den Duft von Kakao und Gras zu uns. Einer unserer Zivildienstleistenden winkte uns zu. Sein Gesicht war blass wie abgerahmte Milch, seine Haut hob sich kontrastreich vom gestoppelten braunen Haar ab und glitzerte vor Schweiß. Der Zivi stand abseits neben der Trage. Auf der orangefarbenen Liegefläche ein Mann, der am Hals blutete. Der Kollege des Zivis war zusammen mit dem Notarzt-Team bereits bei der jungen Frau. Wir stiegen aus. Die Eindrücke summierten sich für Lenny und mich und fügten sich lupenrein zu einem makaberen Schauspiel zusammen. Der Lieferwagen am Straßenrand, die Fahrertür weit geöffnet, mehrere Einschüsse in der Windschutzscheibe. Das geschätzte Kaliber: neun Millimeter. Daneben stand der unverletzte Handwerker in seinem Blaumann. Fast durchsichtig, still und unfähig, sich zu bewegen. Davor lag die junge Frau auf der Straße.

Agonie.

Professionell verzweifelte Handgriffe versuchten, ein Leben zu retten. Aus den Schusswunden trat Hirnmasse aus. Die Augen: weit und lichtstarr. Hirnfunktionen: erloschen. Es war nur eine Frage der Zeit, bis ihr Herz stoppen und ihr junges Leben zu Ende sein würde. Wir wussten das.

Manche Situationen lassen sich niemals wieder rückgängig machen. Auch dann nicht, wenn man sich das noch so sehr wünscht.

Zeit für mich, meinen Streifzug in die Vergangenheit zu beenden und nach Hause zu gehen.

Die Auswertung der Zeugenaussagen ergab, dass der Schütze zunächst seine Geliebte durch einen Kopfschuss hinrichtete. Anschließend schoss er auf den Lieferwagen, der rein zufällig in dem Moment dort ankam, und traf den Fahrer am Hals. Nun fuhr der Psychopath weiter zu seiner Ehefrau und tötete auch diese durch einen Schuss ins Gesicht. Anschließend erschoss er sich selbst und beendete seinen armseligen und feigen Amoklauf. Das »Warum« nahm er mit ins Höllenfeuer.

Manchmal werde ich gefragt, was ich dabei so dachte. Ich weiß es aber nicht. Es bleibt nur das miese Gefühl in der Magengegend. So wie nach vielen Einsätzen, bei denen ich machtlos zusehen muss, wie Ungerechtigkeit geschieht. Es war gespenstisch. Wir waren gefangen in einer Blase aus unzerstörbarem Material, in der die Zeit für einen Augenblick stillstand.

Der Beifahrer des Lieferwagens blieb übrigens als Einziger unverletzt.

Glück gehabt? Er lebt, ja. Jedoch bleibt eine Traumatisierung zurück, die Therapeuten zukünftig an den Rand ihres Könnens bringen wird. Lebenslang.

Tödliches Kaliber

Intermezzo

Die Krankenschwestern unserer Notaufnahme sind Gold wert, genau wie die Krankenpfleger. Aber da ich ein Mann bin und auf Frauen stehe, haben es mir die Krankenschwestern nun einmal besonders angetan.

Vor allem eine von ihnen. Neunundzwanzig, eine Fantasie aus milchigem Porzellan. Ihre zarten Sommersprossen heben sich kaum von der hellen Haut ab, und die Augen sehen nicht aus wie irgendwelche Augen. Sie erinnern an einen schneeumgebenen See aus blauem Wasser. Ihr Name ist Conny.

»Bist du eigentlich solo?«, fragt sie mich eines Tages zwischen Tür und Angel und legt dabei den Kopf schief. Kurz zuvor habe ich eine debile ältere Dame aus einem Pflegeheim nach einem Sturz hergebracht. Sie findet es witzig, dass ich einen Moment lang mit offenem Mund da stehe und mir die passenden Worte fehlen. »Passen Sie nur gut auf«, sagt sie. Die Oma ist hellwach und weiß genau, was Sache ist. Doch nicht so dement, wie ich dachte.

»Nun ... ja. Warum?« Mann, Christian. Warum wohl. Eine hirnlose unbeholfene Reaktion, für die ich eine klatschende Ohrfeige verdient hätte. Schlagfertigkeit ist schwierig. Vor allem, wenn man zehn Einsätze hinter sich hat und nur noch in Algorithmen denkt. »Vielleicht könnten wir abends was zusammen trinken gehen«, flüstert sie auf dem Weg zum Materialwagen. Das klingt so verlockend, dass ich nicht Nein sagen kann und ihr meine Handy-Nummer auf einen Beipackzettel für Narkosemittel gekritzelt zustecke. Das Papier verschwindet in ihrer Kitteltasche, und wir verlassen beide den chirurgischen Ambulanzraum mit der Nummer Fünf.

Sie als Leser könnten den Eindruck bekommen, eine Krankenhaus-Ambulanz ist ein Hin-und-Mit-Laden für gestrandete Retter. Also: hingehen und eine Krankenschwester mit nach Hause nehmen. Aber ich kann Sie beruhigen: Das ist nicht so. Eine Krankenhaus-Ambulanz ist ein wichtiger sozialer Kommunikationspunkt, in dem wir uns als Retter bewegen. Die Krankenschwestern bekommen neben meinem Schichtpartner als Erste mit, wenn es mir nicht so gut geht oder mich ein Einsatz belastet. Genauso ertrage ich schlechte Laune und Wut auf der anderen Seite, wenn ein Vorgesetzter mehr verlangt, als überhaupt machbar ist. Der kurze Small Talk in der Raucherecke hebt die Laune. Ich fühle eine besondere mentale Verbundenheit zu Schwestern oder Pflegern, mit denen ich mich auf einen Kaffee ins Personalzimmer setze. Warum das so ist? Keine Ahnung. Aber es ist gut.

Es ist kurz nach halb zwei Uhr morgens, meine Schicht ist längst zu Ende. Ich liege im Bett und schlafe den Schlaf des tüchtigen Sanitäters. Ein Piepen in der Ecke meines Schlafzimmers weckt mich auf. Eine SMS. Die Nummer ist mir unbekannt, aber der Text trägt eindeutig Connys Handschrift.

›Hey Retter! Was machst du gerade? Bin erst jetzt zu Hause ... die Schicht dauerte heute länger, als erwartet :(‹

›Hm, weiß nicht. Schlafen? Und SMS von netten Krankenschwestern lesen ... :)‹

›Ui, du findest mich nett? :)‹

›Ja … das ist nicht schwer :) Was war denn noch los?‹

›Wir haben noch einen Autofahrer bekommen. 29 Jahre, Verkehrsunfall. Traumatologische Reanimation.‹

›Und?‹

›War erfolglos. Er ist tot. Und mir geht es scheiße. Mann, er war so alt wie ich ...‹

›Tut mir leid. Manchmal seid ihr einfach machtlos, obwohl ihr so gut seid!‹

›Hm, danke. Genauso, wie ihr. Aber du hast recht. Wir können nicht zaubern.‹

›Hast du morgen Abend Zeit? Wir könnten uns nach meinem Dienst treffen und ein wenig quatschen. Ohne Kleidung.‹

›Ähem... wie meinst du das denn?!‹

›Ohne Dienstkleidung, meine ich ... ;) Verzeihung ...‹

›Ach soooo. Ganz schön stürmisch, der Herr! ;) Klar, ich melde mich bei dir. Freu mich, bis morgen.‹

Entspannt und guter Laune lasse ich das Telefon neben mein Bett sinken und falle zurück in einen tiefen Schlaf.

Qualitätsgefälle

Die graue Stadt liegt am dunkelblauen Horizont und flimmert in der Nachmittagshitze. Kein Wölkchen am Himmel und vierzig Grad Celsius. Das Atmen fällt schwer. Ich ducke mich unter Bäumen und versuche kühlen Schatten zu erhaschen. Im Waldstück, das nahtlos an den Stadtrand angrenzt und in dem ich mich als Kind schon immer gerne aufhielt, finde ich genug davon. Es riecht nach Nichts.

In der Ferne ertönt ein Signal. ABC-Alarm.

Die Detonation der Atombombe reißt eine Welle los, die über die Stadt hinweg fegt. Wolkenkratzer kippen wie Legosteine. Bäume knicken streichholzartig und Autos wirbeln durch die Luft, vermischt mit einer riesigen braunen Staubwolke. Ich bin in Sicherheit, denn die Druckwelle erreicht mich nicht. Die Menschen in der Stadt haben keine Zeit mehr, ihren unmittelbar bevorstehenden Tod abzuwenden.

Südwind rauscht in den Bäumen, aber die Zweige der Sträucher neben mir bewegen sich nicht. Was für ein Glück - die Bombe hat mich verschont. Ich verliere keine Zeit und ziehe los in Richtung dessen, was von der Stadt noch übrig ist. Einige Autowracks ragen aus den Trümmerbergen zwischen Schutt und Asche. Das Leben scheint erloschen, der Feind hat sein Ziel erreicht. Nur ich habe überlebt. Das auf- und abschwellende Alarmsignal ist immer noch zu hören.

Einige Sekunden später. Der unsichtbare Vorhang des Horizontes fällt nieder. Ein Flugzeug taucht auf und steuert direkt auf mich zu. Flügellos schwebt es wie ein Falke in der Luft, doch das erscheint mir in diesem Moment normal.

Zwei Luken öffnen sich und entlassen etwas in Richtung Boden. Panik. Ich habe eine komische Ahnung, doch nicht mehr entkommen zu können. Nie mehr. Mein Brustkorb ist wie zugeschnürt, ich kann nicht mehr ausatmen. Die letzten Sekunden sind dicht komprimiert. Völlig machtlos kann ich es längst nicht mehr aufhalten.

Stationen meines Lebens laufen vor mir ab, während mein Auge mit dem Blitz verschmilzt und sich ein Fächer aus tödlichem Plutonium vor mir öffnet.

Ich zerfalle zu Staub.

Durch meinen lang gezogenen Schrei wache ich auf. Mondlicht scheint durch die Lamellen meiner Jalousie, es ist noch dunkel. Ich habe das Geräusch der Sirene aus meinem Traum mitgenommen, vermutlich eine Alarmierung der örtlichen Feuerwehr. Es dauert einige Sekunden, bis meine Orientierung zurückkehrt. Der Blick auf den Wecker - fünf Uhr und eine Minute. Um sechs Uhr beginnt meine Schicht. Dank meines nächtlichen SMS-Dialoges mit Conny war mein Schlaf viel zu knapp. Ich bin völlig unmotiviert, als ich an diesem dunklen Wintermorgen meine Wohnung verlasse. Der Himmel ist klar, die Luft eiskalt und die Scheiben meines Autos sind so dick vereist, wie schon lange nicht mehr. Warmes Wasser muss her. Ich habe heute keine Lust zum Eiskratzen. Der Gedanke an mein warmes gemütliches Bett befördert meine Laune in den Keller. Der morgendliche Stadtverkehr ist um diese Uhrzeit bereits dicht, Abgasdunst steigt aus den Auspuffanlagen auf und vernebelt mir die Sicht. Eigentlich müsste es stinken, aber die Nasenflügel kleben zusammen bei dem Versuch einzuatmen. Die Menschen sitzen frierend hinter ihren Lenkrädern und scheinen müde und jähzornig auf das Leben zu sein, das sie so früh aufstehen lässt.

Das Stimmungsbarometer der Wache ist im Keller. Kollege Eduard hat seine Arbeiten nicht erledigt, die während seiner Schicht angefallen waren. Nicht in den Computer eingegebene Einsätze stapeln sich neben dem Rechner im Büro der Rettungswache. Jetzt soll die Tagschicht herhalten, die aber einer höheren Einsatzauslastung unterliegt. Das alles ist grundsätzlich kein großes Ding. Jeder hat gelegentlich Phasen, in denen das Allgemeinbefinden nicht so gut ist. Niemand würde etwas sagen, man hilft sich gegenseitig. Nur bei Eduard gibt es mehrere Probleme. Er ist nicht nur faul, sondern medizinisch inkompetent und chronisch übermüdet. Er hat zugegeben, dass er zu Hause regelmäßig lange vor seinem PC sitzt. Seine Schichten nutzt er, um sich auszuschlafen. Es kam vor, dass wir zusammen Dienst hatten. Kaum hatten wir den Patienten eingeladen und uns auf den Weg ins Krankenhaus gemacht, schlief Eduard neben dem Patienten ein. Das Schnarchen drang bis zum Lenkrad vor.

Rettungsdienst und Qualitätsgefälle sind eng miteinander verflochten. Als der Beruf »Rettungsassistent« im Jahre 1989 eingeführt wurde, gab es noch keine Rettungsassistenten. Woher auch. Es gab nur den Rettungssanitäter. Die Kollegen, die zu dem Zeitpunkt bereits Rettungssanitäter waren, konnten sich zum Rettungsassistenten überschreiben lassen, ohne je die Ausbildung gemacht zu haben. Damals war das bedeutsam, um den Rettungsdienst aufrecht zu halten.

Ab dem Zeitpunkt des Urkunden- und Zeugnisbesitzes war und ist man auf sich selbst angewiesen. Die Devise heißt am Ball zu bleiben oder medizinisch zu verkümmern. Im Rettungsdienst beschäftigt zu sein heißt entweder den eigenen Stand des Wissens regelmäßig aufzupolieren oder einzurosten. Es gibt laufend neue medizinische Erkenntnisse und Änderungen in Handlungsabläufen. Rettungsdienst heute bedeutet Defibrillation, Intubation, differenziertes Trauma-Management und erweiterte lebensrettende Maßnahmen. Rettungsdienst vor dreißig Jahren hieß: Notfallpatienten einladen und ab ins Krankenhaus. Ob ein Patient lebend dort ankam, war Glückssache.

Die schulische Ausbildung läuft wenigstens konsequent inkonsequent. Jede Schule kocht ihre eigene Brühe. Es ist im Gesetz zwar festgelegt, was einem Aspiranten vermittelt werden muss. Aber nicht wie. So kann es vorkommen, dass ein frisch staatsexaminierter Neuling das Päckchen Extrasystolen[1] im medizinischen Materiallager sucht oder einem Neugeborenen ein Atemzugvolumen von fünf Litern andichtet. Im Bereich des Humanmedizin-Studiums ist dies anders.

---

1 Herzschlag außerhalb des normalen Herzrhythmus

Ein erfolgreicher Prüfling kann etwas und hat einen Mindeststand an theoretischem Wissen für den zukünftigen ärztlichen Beruf nachgewiesen. Das mag ihm im Rettungsdienst nicht viel helfen, da es hier zum größten Teil auf praktische Fähigkeiten ankommt. Aber die Chance ist geringer, Schaden anzurichten.

Folgende Szene ereignete sich vor einiger Zeit in der Rettungswache: Praktikant Michi wurde von Lenny und mir auf die Probe gestellt. Er absolvierte zu dem Zeitpunkt sein praktisches Ausbildungsjahr bei uns. Wir befragten ihn zunächst über Herzrhythmusstörungen und deren mögliche Grunderkrankungen. Das ging noch halbwegs. Mit den Tawaraschenkeln konnte er leider nichts anfangen - aber was soll's. Tawaraschenkel bilden einen Teil des Erregungsleitungssystems am Herzen und dienen der Weiterleitung elektrischer Signale. Nicht so gut war, dass er die Tawaraschenkel in den Bereich des Knochenapparates anstatt des Herzens einordnete. Also - Minuspunkte für die »Tawaraschenkel-Fraktur«. Als er einem erwachsenen Menschen dann aber eine Atemfrequenz von sechzig Atemzügen pro Minute zuschrieb, waren Lenny und ich sprachlos. Machen Sie selbst den Test: Nehmen Sie eine Stopp-Uhr in die Hand und versuchen Sie, sechzig Mal in der Minute ein- und wieder auszuatmen. Alles Gute. Suchen Sie sich bitte etwas Weiches zum Fallen.

Praktikant Michi hatte zu dem Zeitpunkt das Staatsexamen zum Rettungsassistenten in der Tasche. Noch Fragen?

Viertel nach fünf. Kurz vor Feierabend. Ich verlasse das Wachgebäude aus Wellblech und Holz, um frische Luft zu schnappen. Durch die Plexiglasscheibe des Garagentors sehe ich Lenny in den Rettungswagen einsteigen, und wie er in das Funkgerät hinein spricht. Über die Fernbedienung lässt er das Rolltor hoch und deutet mir etwas zu. Ein Notarzteinsatz macht meine Hoffnung auf pünktlichen Feierabend und mein Treffen mit Conny zunichte. Schöne Scheiße.

Schicksalsnacht

Feuerwehr und Polizei sind bereits dort und beraten das Vorgehen vor der Haustür. »Gefahr im Verzug« war für uns angesagt. Ich stelle den Notfallrucksack ab, nehme Anlauf und lasse mein ganzes Gewicht gegen die Haustür fallen. Noch mal. Und noch mal. Ein Bersten und Brechen signalisiert Lenny und mir freien Zutritt zur Wohnung, deren edler weißer Türrahmen jetzt verschalt werden muss. Ein schmaler Gang führt in das großzügig dimensionierte Wohnzimmer dieser Galeriewohnung im zweiten Stock eines Mietshauses. Eine steile Wendeltreppe verbindet zwei Ebenen miteinander. Warmes Licht flutet die obere Ebene durch ein Schienenleuchtsystem und macht die ganze Tragik des Einsatzes sichtbar. Von »Gefahr im Verzug« kann keine Rede sein.

Die Freundin machte ein bekümmertes Gesicht. Einen Tag zuvor telefonierte sie mit Frau Roth, der stolzen Besitzerin eines florierenden Kleiderladens mitten in der Altstadt.

»Du hörst dich an, als hätte man dir die Luft aus den Reifen gelassen. Soll ich vorbeikommen?« Ein kläglicher Versuch, Frau Roth aufzuheitern.

»Nein nein, alles in Butter. Es geht schon – irgendwie! Du weißt ja, was mich nicht umbringt, macht mich hart wie Stahl.« Frau Roths Lächeln versagte. Die Antwort beunruhigte die Freundin, denn Frau Roth klang bittersüß.

Es musste Anfang Januar gewesen sein, als Frau Roth ihren Ehemann durch ein Unglück verloren hatte. Auf dem

Heimweg war er damals auf glatter Fahrbahn ins Schleudern geraten und mit hoher Geschwindigkeit frontal gegen einen Baum geprallt. Frau Roth hatte sich dafür entschieden, ihn so in Erinnerung zu behalten, wie sie ihn am Morgen dieses Unglückstages verabschiedet hatte. Ohne ihn noch einmal zu sehen.

»Bin dann weg. Bis heute Abend, ich freu mich!«, hatte er noch gesagt und war zur Arbeit verschwunden, in seinen letzten eiskalten Wintermorgen hinein.

Seitdem ging es abwärts mit Frau Roth. Sie litt zunehmend an paranoiden Zwangsgedanken und Depressionen. Die Arbeit in ihrem Kleiderladen hielt sie über Wasser, aber die einsamen Abende zogen einen unüberwindbaren Graben aus Angst, Isolation und Erschöpfung zwischen dem Leben und der Insel, auf der sie sich befand.

Am Tag nach dem Telefonat war der Kleiderladen geschlossen. Keiner wusste, weshalb. Es war kein Schild angebracht, nirgends eine Mitteilung hinterlassen. Der Laden wirkte aufgeräumt, wenn man durchs Fenster sah. Die Freundin wollte auf einen spontanen Besuch nach der Arbeit vorbeikommen, um Frau Roth aufzumuntern. Sie beeilte sich, zur Wohnung von Frau Roth zu gelangen und zu klingeln. »Ich komme schon«, würde diese rufen und die große Türe aus Birkenholz öffnen. Und sie würden sich ins Wohnzimmer setzen und bei einem Gläschen Pergliamici über alte Zeiten und Frau Roths verstorbenen Ehemann reden. Wie die letzten Male.

Aber die Türe blieb verschlossen. Frau Roth öffnete nicht, und auch sonst hörte die Freundin nur die Stille. Beklemmung legte sich würgend um sie. Adrenalin rauschte durch ihre Blutbahn und flutete bis zum Herzrasen. Die Freundin lief auf die Straße und versuchte auf der Rückseite der Wohnanlage einen Blick in die Wohnung.

Es vergingen einige Minuten, bis sie zu einer Reaktion fähig war. Wie in den Boden zementiert, sah sie durch die regnerische Dunkelheit in die hell erleuchtete Galerie. Das Regenwasser rann ihr die Stirn hinab.

112.

»Feuerwehr- und Rettungsdienstnotruf, guten Abend.«

»Ich glaube, meine Bekannte ist tot. Können Sie bitte jemanden herschicken?«

Eine algorithmische Notrufabfrage erfolgte. Der Mitarbeiter in der Notruf-Zentrale sicherte der Freundin einen Rettungswagen und den Notarzt zu.

Emilie Roth hatte sich erhängt.

Sie gleicht einer von Madame Tussauds Wachsfiguren. Unversehrt liegt sie da. Einfach so, als ob sie bei den eisigen Temperaturen eines sibirischen Winters schläft, denn sie hat tiefblaue Lippen. Eine durchdachte Seil-Konstruktion an der Decke lässt vermuten, dass Frau Roth planvoll vorgegangen war. Das grüne Telefon im Zimmer schellt unaufhörlich und stört die Ruhe. Jemand ahnt etwas. Frau Roth hatte das Foto eines jungen Mädchens vor sich auf einen Schemel gelegt, bevor sie sich in die Schlinge fallen ließ. Ich denke, das Mädchen war das Letzte, was Frau Roth sah.

Als Lenny und ich den Einsatzort verlassen, ist es ruhig im Rettungswagen. Das Blau der durch Regen fragmentierten Lichtblitze ist noch lange zu sehen und verschmilzt mit dem grellen Neonlicht der Straßenlaternen. So lange, bis wir endlich in die Hauptstraße einbiegen.

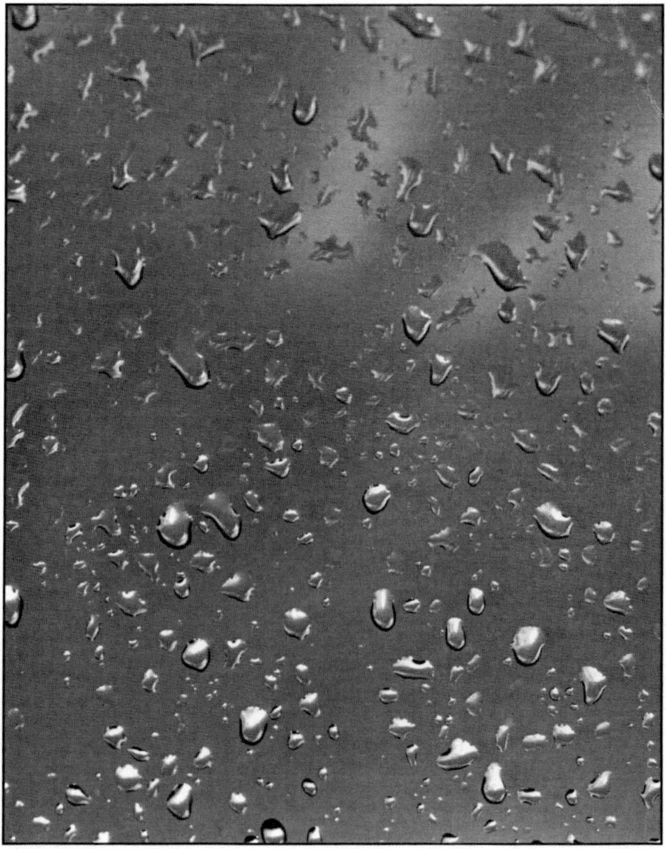

Flucht

Am Abend esse ich mit Conny beim Japaner. Die Tischdekoration sind Kerzen, die von Weitem wie abgegriffene Klorollen aussehen. Das Licht im Lokal ist gedimmt. Kunstvoll geschwungene Ornamente verzieren durch Gold und Marmor betonte Wände. Traditionelle japanische Dudelmusik spielt ständig die gleichen Akkorde als nervende Endlosschleife im Hintergrund. Gäste treten immer wieder ein und aus, ein Hund bellt. Das Paar am Nachbartisch macht den Eindruck, als ob es sich gerade erst kennengelernt hat. Die Frau führt einen angeregten Monolog über zwischenmenschliche Dinge, während ihr Gegenüber sich bemüht, aufmerksam zu wirken. Er sieht aus, als wäre er mit seinen Gedanken bereits auf dem Weg ins Bett. Nicht alleine, versteht sich. Viel mehr, als einzelne verkümmerte Satzstücke hat er nicht beizusteuern. Ich frage mich, ob er an diesem Abend sein Ziel erreichen wird.

Sake - Sushi hat es mir angetan. Sake heißt »Lachs« auf Japanisch und ist leicht zu verwechseln mit dem japanischen Nationalgetränk »Sake«, also Reiswein, mit dem sich täglich Millionen Japaner das Licht ausknipsen. Vermutlich mache ich mich völlig lächerlich bei dem Versuch, dieses Wort mit angemessener japanischer Betonung auszusprechen. Eine mittlere Portion muss es sein, dazu einen Hollersaft, der wie eine süße Blume schmeckt.

Conny ist nicht nach Sushi. Sie ordert ein für mich nicht aussprechbares Gericht, das aus Nudeln und seltsamem

Gemüse besteht und bei dessen Anblick ich später an die qualvolle Enge zusammengetriebener Regenwürmer denken muss. Das höflich grinsende japanische Mädchen, das ich so auf Mitte zwanzig schätze, notiert unsere Bestellung. Ihr zartblauer, filigran bestickter Kimono, der durch einen breiten seidenen Gürtel mit gleichem Muster zusammengehalten wird, schimmert im Kerzenlicht und vollendet das klassische Bild eines japanischen Restaurants mitten in Europa. Genauer gesagt, mitten im europäischen Salzburg, in das ich mich mit Conny geflohen hatte. Wir unternehmen zusammen den Versuch, dem Alltag zu entkommen. Einem Brei aus akustischer Folter und neongreller Impressionen, die mit Egoismus on the rocks serviert werden.

»Guten Abend. Haben Sie ein Zimmer reserviert?« Die Dame an der Hotelrezeption lächelt uns an und tippt in ihrem Computer. »Ja, haben wir. Zwei Tage im Doppelzimmer.« Die Frau legt uns einen Zettel auf den Tisch. Wir sollen Name, Anschrift und diverse andere Daten zu Abrechnungszwecken aufschreiben. Conny betrachtet den Zettel wie eine Schülerin, der man eine unlösbare Frage gestellt hat. Eine Unklarheit.

»Darf ich dich was Intimes fragen?«, murmelt sie mir zu, »Wie heißt du mit Nachnamen?« Die Dame an der Hotelrezeption stockt und sieht uns über den Rand ihres Flachbildschirms an, die Stirn in Falten. Auch über ihrem Haupt kann ich jetzt ein deutliches Fragezeichen lesen. »Äh, ich meine, wie buchstabiert man deinen Nachnamen? Also ... ich meine, ich weiß deinen Nachnamen nicht. Fertig.« Wir lachen beide los. Der Versuch der Dame misslingt, sich das Schmunzeln hinter dem Monitor zu verkneifen, obwohl sie uns schon gerne darauf aufmerksam gemacht hätte, dass das Etap-Hotel kein Bordell sei. Auch wenn es noch so günstig ist.

Die Rezeptionistin hätte wohl selbst gerne so etwas wie eine Affäre gehabt.

Das Hotelzimmer des Etap-Hotels ist ungewöhnlich pompös eingerichtet. In der Ecke steht ein Fernseher, mit dem man via Satellit auch Radioprogramme empfangen kann. Die Mitte des Zimmers besteht aus einem Doppelbett mit harter Federkernmatratze, die zum Hineinspringen einlädt. Durch ein großes Fenster scheinen die Lichtkegel heller Straßenlaternen, während nachtblaue Dunkelheit immer mehr Einzug hält und sich lautlos über Salzburg legt.

Conny und ich nutzen die Auszeit in Salzburg, um neue Energie zu tanken, frische Kraft zu mobilisieren und dem Alltag zu entkommen. Und unseren Jobs, die unser Leben ab und an ungemütlich machen.

Wenn jemand Schichtdienst hat, bringt er eine Beziehung damit nur durch großes Organisationstalent unter einen Hut. Zum einen gibt es Partner, die den Beruf schon grundsätzlich nicht nachvollziehen können. Beruflich helfen. Kotzende, stinkende Menschen, Scheiße, Pisse, Geschrei. Dann noch der ganze pöbelnde, unverschämte Abschaum - Tag für Tag und Nacht für Nacht. Das alles für die paar Kröten im Monat. Dazu kommt, dass es nur eine einzige Regelmäßigkeit im Rettungsdienst gibt. Nämlich die Tatsache, dass sich regelmäßig und kurzfristig Schichten ändern. »Leider können wir morgen Abend doch nicht ins Kino. Bei uns ist schon wieder jemand krank geworden. Ich muss arbeiten, tut mir leid.« Dass auch Retter Menschen sind und ein Privatleben brauchen, versteht der Arbeitgeber im Rettungsdienst in der Regel nicht. Er versteht auch nicht, dass Retter nicht leben, nur um zu retten. Sie retten, um zu leben. Nicht mehr und nicht weniger.

Exakt wie bei den meisten meiner vorherigen Beziehungen wird auch die Beziehung zu Conny einen Monat später zu Ende sein. Die Gründe dafür sind Schichtdienst und ein Überbewerten der Grundlagen einer Beziehungsführung. Auch die Tatsache, dass gleich beide Partner im Schichtdienst arbeiten, bedeutet nichts: Minus und Minus sind im Ergebnis nicht gleich Plus. Brandgefährlich wird es, wenn die rosarote Brille Zauberwirkung und Glamoursicht verliert - die Suche beginnt also von Neuem. Schade.

Utopia

Es gibt Tage, an denen nur die Anderen gewinnen und man selbst verliert. Wenn man an so einem Tag frei hat, ist das kein Problem. Man kann einfach im Bett liegen bleiben, ausschlafen und den Tag abhaken. In diesem Fall ist das größte Problem, dass der Kaffee ausgegangen oder die Milch sauer geworden ist, wenn man frühstücken möchte. Wenn man arbeiten muss, sieht die Sache schon anders aus.

Heute ist so ein Tag. Warum ich vorhin nicht einfach im Bett liegen geblieben bin, weiß ich nicht. Schon als mein nagelneuer Toaster durchgebrannt ist, hätte ich stutzig werden müssen. Während ich meine Wohnung verließ und dabei den Hausschlüssel vergessen hatte, dachte ich noch immer an nichts Böses. Mein Nachbar gab mir trotz der unfreundlichen Uhrzeit am Morgen Starthilfe. Punkt sechs Uhr komme ich in der Wache an - gerade noch rechtzeitig. Lenny witzelt, denn normalerweise ist er derjenige, der immer zu knapp ankommt.

Die Außenwache liegt direkt an einer Autobahn, wo Verkehrsunfälle an der Tagesordnung sind. In letzter Zeit gibt es hier nicht mehr so häufig schwere Unglücke, denn eine Baustelle mit Fahrstreifenbegrenzung und einem Geschwindigkeitslimit von sechzig Kilometern pro Stunde dekoriert die Autobahn. Vis-á-vis vom Hof der Wache blickt man auf eine leuchtend blaue Tankstelle. Sie bietet die Möglichkeit, sich vierundzwanzig Stunden pro Tag mit Futter zu versorgen. Für einige meiner Kollegen fatal - haben sie die BMI-

Grenze von fünfunddreißig doch schon längst überschritten. Sie haben noch immer nicht kapiert, dass die Menge des Essens für hohes Gewicht verantwortlich ist.

Vormittags weicht die Morgenröte dem Planeten, der strahlt, als ob er sein ganzes Licht auf einmal ausgeben möchte. Es ist jetzt zehn Uhr.

Zur gleichen Zeit steht Ärger auf dem Hof der Völkners an. Einige Orte weiter besitzt die Familie ein Gut mit anliegendem Gestüt. Großvater Völkner macht sich auf den Weg zu seinen Lieblingen, den Pferden.

Es kommt von Zeit zu Zeit vor, dass irgendjemand das Gatter der Pferdekoppeln offen stehen lässt. Pferde sind zwar nicht schlau, aber auch nicht so dumm, diese Chance ungenutzt zu lassen. In der Herde verabreden sie sich zu einem ländlichen Ausflug in die Freiheit.

Seit Jahren ist es immer Großvater Völkner, der die Pferde wieder einfängt. Er ist schwer herzkrank und nimmt mehr Medikamente am Tag, als sich Schokolinsen in einer Packung Smarties befinden. Schon tausend Mal hatte seine Tochter ihm gepredigt: »Vater, reg' dich doch bitte nicht immer so auf! Das geht so aufs Herz. Du weißt, was der Arzt zu dir gesagt hat.« Großvater Völkner hatte noch nie darauf gehört. Der kachektische alte Mann weiß alles besser und schimpft auf den Drecksack, der das Gatter offengelassen hat. Auch an diesem Vormittag macht er sich auf die Jagd nach den Lieblingen. Eine Stunde später ist er immer noch nicht zurückgekehrt. Die Tochter und der Schwiegersohn machen sich auf die Suche.

»Wagen 12/18, fahren Sie nach Neumünster in den Kapellenweg Nummer fünfzehn bei Petermann - ein Sturz aus dem Bett.«

Ich wiederhole den Einsatz. Lenny blättert in seinem Stadtplan und hat die Straße schon herausgesucht, als ich den Rettungswagen in Bewegung setze. Für uns ist dies ein Standard-Einsatz. Ankommen, Patienten befragen, untersuchen, Halskrause anlegen. Wunden werden verbunden. Hat der Patient etwas gebrochen, wird es geschient. Für Verletzungen an der Wirbelsäule haben wir eine starre Schaufeltrage aus Aluminium und eine Vakuummatratze. Letztere enthält etliche tausend winzige Kügelchen. Wenn wir die Luft daraus absaugen, entsteht eine perfekt an den Patientenkörper angepasste Transportmöglichkeit. Anschließend geht es in die chirurgische Abteilung der nächstgelegenen Klinik. Und nach einer Stunde sind wir zurück in der Wache, sitzen auf der Couch und trinken Kaffee. Meine ich.

Der Anfahrtsweg ist diesmal lang. Der Zielort liegt fünfundzwanzig Kilometer von unserer Wache entfernt. Wir fahren übers Land und erfreuen uns an gutem Wetter, saftigen Gräsern und dem ganzen Getier, das auf dem Land so herumsteht. Nach der Hälfte des Anfahrtsweges biegen wir in der Ortsmitte von Markstein ab und blicken auf eine schnurgerade Landstraße. Linker Hand beginnt das Gut der Familie Völkner, auf dessen Höhe wir die riesige Seifenblase durchstoßen. Wir haben soeben *Utopia* betreten. Plopp.

Es ist ein komisches Gefühl, wenn sich eine Zeitachse ändert. Die Zeit bleibt plötzlich stehen oder läuft langsamer ab, als vorher. Farben und Atmosphäre verändern sich, es wird kälter oder wärmer. Genau erklären kann ich es nicht. Es ist wie so oft nur ein Gefühl. Auf der Wiese vor dem Gut laufen irgendwelche Menschen durcheinander. Vermutlich sind es die Völkners. Sie schreien und winken uns zu, als sie uns bemerken. Mir scheint, als hätte uns der Himmel aus dem Nichts heraus genau hier abgesetzt. Hinter den Völkners hat sich die Pferdegemeinschaft in der Herde zusammengetan. Zwanzig muskulöse Tiere bewegen sich wie zusammengekettet in gestrecktem Galopp über die Wiese, genau auf uns zu. Nur, um im richtigen Moment abzuwenden und das Spiel zu wiederholen.

Die Tochter schreit um Hilfe, denn sie hat Großvater Völkner kurz zuvor gefunden.

»Ach du Scheiße, da liegt einer«, sagt Lenny und deutet auf den rechten Straßenrand, »halt an!«

Ich kann einen Hut und eine blaue Latzhose erkennen. Im Lot zur Straße liegt Großvater Völkner auf dem Seitenstreifen, das Gesicht in den Rasen gedrückt. Als sein Herz zu flimmern begann, dachte er wohl an nichts Böses. Erst nach zehn bis zwölf Sekunden setzten Schwindel und eine kurze Atemnot ein. Dann erlosch sein Bewusstsein. Kammerflimmern stellt einen funktionellen Herzstillstand dar, bei dem die Herzmuskelzellen unkontrolliert zucken. Da jetzt kein Blut mehr durch den Organismus gepumpt wird, kommt es zur Bewusstlosigkeit. Die Arme an den Körper angelegt hatte Großvater Völkner keine Zeit mehr, sich während des Fallens abzustützen.

Ich halte an. Lenny springt aus dem Rettungswagen, checkt die Situation und dreht Großvater Völkner auf den Rücken. Puls? Atmung? Nichts da. »Reanimation!«, ruft er mir zu, zückt die Kleiderschere und durchtrennt Latzhose und Hemd. Großvater Völkner liegt mit nacktem Oberkörper da. Die Haut sieht aus wie die hellgraue schmutzige Asphaltfläche einer Straße. Die Lippen erinnern an eine fleischige Blutorange, die schon zehn Tage geöffnet in der Sonne liegt.

Ab und zu gilt es, Flexibilität zu beweisen und umzudenken. Dass wir unterwegs auf einen viel schlimmeren Notfall treffen, konnte niemand von uns wissen. Der ursprüngliche Einsatz muss auf jeden Fall von irgendwem anders bedient werden. Meine Rückmeldung.

»Leitstelle vom Wagen 12/18.«

»Sprechen Sie, 12/18.« Eine weibliche Stimme.

»Eigenfeststellung. Markstein in Richtung Pleef - Reanimation auf der Straße. Wir können den anderen Notfalleinsatz nicht anfahren.«

»12/18 - verstanden.« Kurzes Zögern. »Benötigen Sie dafür einen Notarzt?«

Wer sich ein wenig mit deutscher Gesetzgebung befasst hat, wird diese Frage entbehrlich finden. Eine akute Lebensgefahr zwingt eine Leitstelle zum Entsenden eines Notarztes an die Einsatzstelle. Hier gibt es keinerlei Wahlmöglichkeit. Kurzzeitig hatte ich auf der Zunge liegen »Nein, der Notarzt ist hier überflüssig.« Ich hatte aber Angst, dass uns die Dame der Leitstelle aufgrund ihrer mangelhaften kognitiven Leistungsfähigkeit tatsächlich keinen Notarzt zuschickt. Meine Antwort fällt deshalb knapp aus. »Ja.«

Lenny beatmet, ich führe die Herzdruckmassage durch. Die Intubation: Routine. Den Tubus fix durch die Stimmritzen geschoben und in der Luftröhre platziert. Die Beatmung ist gesichert. Durch Gabe von Adrenalin in die Vene versuchen wir, das Herz anzutreiben. Mit Erfolg, der EKG-Monitor zeigt kurze Zeit später ein Herzkammerflimmern. Ich greife die Paddels, drücke zum Hochladen den gummierten Knopf am Defibrillator.

»Vorsicht, Defibrillation. Patienten nicht berühren!«, warne ich Lenny und alle umstehenden Menschen. Der Stromstoß kann einen Menschen mit Kammerflimmern zwar retten, aber er kann jemanden mit einem normalen Herzrhythmus auch töten. Niemand darf den Patienten während der Defibrillation berühren - dies hätte denselben Effekt, als würde man in eine Steckdose fassen.

Die »Schock«-Taste feuert zweihundert Joule lebensrettende Energie durch Großvater Völkners Körper, der sich unter Zucken aufbäumt.

Im Einsatz rede ich mit Lenny nicht viel. Wir sind ein perfekt eingespieltes Team. Jeder von uns kennt seine Aufgabe und weiß, was zu tun ist. Alle Handgriffe laufen zügig und stressfrei, während die Tochter neben uns steht und weint.

Just in diesem Moment hält eine orangefarbene Betonmischmaschine hinter unserem Rettungswagen. Der Fahrer: ein circa sechzigjähriges Pummelchen in Baustellenkleidung. Der Mann verlässt sein Fahrzeug, schmeißt die Fahrertür zu und bewegt sich zügig auf uns zu. Während er sein Gefährt passiert, merkt er, dass die Handbremse nicht angezogen ist. Zwölf Tonnen setzen sich langsam und zielstrebig in Bewegung.

Die Reaktion des Mannes ist zügiger, als dessen Koordination es umsetzen kann. Sein Oberkörper dreht sich im Vorwärtslaufen. Der linke Unterschenkel fädelt hinter dem rechten ein. Geschätzte hundertzwanzig Kilogramm Körpermasse klatschen vorwärts auf den Asphalt und hören sich wie eine schallende Backpfeife an. »Achtung!«, schreit Lenny, denn einen kurzen Moment sah es aus, als würde der Mann von seinem eigenen Lkw überrollt.

In Zeitlupe steuert der Lkw führerlos auf das Heck unseres Rettungswagens zu, als könne ihn nichts aufhalten. Während ich den Patienten wiederbelebe, erlebe ich die Kollision zwischen einer Mücke und einem Elefanten. Unsere Mücke stellt kein großartiges Hindernis dar - der Lkw taucht in das Heck unseres Rettungswagens ein und schiebt diesen gemächlich vor sich her. Scheinbar hatte ich die Handbremse nicht weit genug angezogen.

»Du entschuldigst mich kurz?«, grinse ich Lenny an und sprinte zum Rettungswagen, bevor dieser vom Betonmischer in den nächsten Ort geschoben wird. Türe auf, hinein. Handbremse bis zum Anschlag. Beide Gefährte kommen mit einem Ruck zum Stehen. Zehn Sekunden später knie ich wieder am Kopfende von Großvater Völkner, den Beatmungsbeutel in den Händen. Der dicke Fahrer des Betonmischers hatte Glück bei seinem Sturz und trug lediglich

Schürfwunden davon. Er dachte übrigens, wir könnten ein wenig Hilfe gebrauchen. In der Eile vergaß er das kleine Detail »Handbremse«. Aber was soll's. Die verbeulte Hecktür zahlt die Versicherung.

Die dritte Defibrillation zeigt Erfolg. Die Wiederbelebung endet gut für Großvater Völkner, dessen Zeit wohl doch noch nicht abgelaufen ist.

Bei einer Herzkatheteruntersuchung wird man später feststellen, dass Großvater Völkner einen Herzinfarkt durch starke Ablagerungen innerhalb seiner Herzkranzgefäße erlitten hatte. Der Infarkt führte zum Herzkammerflimmern und somit zum Kreislaufstillstand. Ohne Wiederbelebungsmaßnahmen wäre zuerst das Gehirn abgestorben. Und hier ist der Haken: Dauert ein Kreislaufstillstand beispielsweise zehn Minuten an, kann das Herz noch zum Schlagen gebracht werden. Dem Gehirn des Patienten bleiben ungefähr vier Minuten. Dann ist es tot - unwiederbringlich.

Großvater Völkner bleibt das erspart. Er wird überleben und hatte Glück, dass wir unmittelbar nach Eintreten seines Herzstillstandes rein zufällig vorbeigekommen sind. Eine Woche nach dem Ereignis wird der alte Mann das Krankenhaus blühenden Lebens verlassen. Obwohl ich auf den schrägen Morgen geflucht hatte, hat sich das frühe Aufstehen gelohnt.

Als wir den Notfallort verlassen, schließen sich die Tore Utopias hinter uns. Erst gegen halb zwei treffen wir in der Wa-

che ein. Während Lenny verbrauchtes Material in unseren Notfallrucksack auffüllt, koche ich Kaffee für uns.
Es scheint alles so wie immer. Trotzdem werden wir noch lange daran zurückdenken, wie sich der Schatten des Osiris über Markstein legte und Uhren auf einmal aussahen wie durch Dalis Hand gemalt.

Kurzschluss

Das Notarzt-Team und wir verlassen das Haus und sind bepackt mit Equipment, das wir nicht benötigt haben. Es nieselt in die Landschaft, deren Hügel am Horizont die Sonne vereinzelt zu berühren scheinen.

Ein BMW mit getönten Scheiben hält vor dem bäuerlichen Anwesen einfacher Leute. Kriminalpolizei. Der Motor verstummt; zwei Männer in Mänteln verlassen den Wagen. Die Beiden erinnern mich an Derrick und Klein. Derrick hat einen Aktenkoffer unter dem Arm, Klein nur eine Tasche. »Die Meldung unserer Einsatzzentrale hat sich nicht gut angehört. Was ist passiert?«, sagt Derrick und steuert gleichzeitig auf die Haustür zu. Meine Gesichtszüge sind eingefroren. »Er ist tot. Das ist passiert. Nicht mehr und nicht weniger.« Mein Blick streift einen Kirchturm, gleitet langsam am Kontrast des Waldes lang und taucht in das Farbspektrum des Regenbogens am anderen Ende des Landkreises ein. Klein hat seinen Dienstausweis bereits in der Hand und klingelt an der Haustür. Jemand öffnet die Tür.

Das Schreien eines jungen Mannes durchrast den Ort wie ein Ping-Pong-Ball ein Labyrinth. Hin und her. Zuerst links, dann rechts, dann wieder links. So lange, bis es wieder an mein Ohr gelangt. Ich stocke. Drehe mich um. »Geh' schon mal vor, ich muss zurück ins Haus.« Lenny nickt und bringt unsere Ausrüstung in den Rettungswagen. Wir sind mitten in einem Ort, der gerade einmal zweihunderteinunddreißig Bewohner zählt.

Das »Warum« kann ich mir auch nicht erklären. Als wir vorhin den Raum betraten, wurden wir von jenem Mann empfangen. Flehend, dass wir doch etwas tun sollen. Hoffend, dass es nicht so schlimm sein würde. Und verzweifelt, weil dieser Moment so unfassbar war. Aber wir konnten nichts tun, denn der Junge war bereits seit Stunden tot. Die Leichenstarre hatte seine Arm- und Kiefermuskulatur in Zement gegossen.

Wir merkten es vorhin erst, als wir eine Wiederbelebung versuchen und ihn auf den Rücken drehen wollten. Das linke Auge: rot unterlaufen. Im rechten Auge sind nur kleine rote Pünktchen zu sehen. Einige Adern waren darin geplatzt. Um den dünnen Jungen-Hals liegt ein abgeschnittener dünner Gürtel, der eine tiefe Furche mit einer dunkelblauroten Randzeichnung hineinschneidet und sie deutlich von der milchigen Gesichtsfarbe abzeichnet. Seinen elften Geburtstag hatte der Junge erst Tage zuvor gefeiert.

Der Junge hatte sich am Bücherregal hinter der Tür zu seinem Kinderzimmer erhängt. »Komm' schon, wir müssen es versuchen, wir müssen was tun!« Die Notärztin klingt verzweifelt, wenn sie spricht. Zittert und nestelt an ihrem weißen Kittel herum, Tränen in den Augen und ratlos. Die Bügel ihres schwarzen Stethoskops ragen aus ihrer Kitteltasche heraus. Nur mit Mühe konnte ich sie vorhin vom aussichtslosen Versuch einer Wiederbelebung abhalten. »Aber lass' es uns doch einfach versuchen ...« Ich lasse sie nicht. Die Ärztin steht mit Anfang dreißig noch am Beginn ihrer Karriere. Der dritte eigenverantwortliche Notarztdienst.

Mit roten Bäckchen und Glitzer auf der Stirn begrüßte sie ihren Fahrer heute Morgen mit den Worten »Lassen wir es krachen!« Mein Kollege wird es mir später erzählen. Er wird mir auch erzählen, dass ihr dieser Satz so zu schaffen macht. Sie hatte nur diesen einzigen Einsatz erlebt und wird ab jetzt niemals mehr ein Rettungsfahrzeug betreten.

Zurück im Haus kann ich durch die geöffnete Holztür in das blau-weiß gestrichene Kinderzimmer sehen, in dem die Spurensicherung am Werk ist. Am braunen Bücherregal hängt der andere Teil des Gürtels. Er blieb zurück, als ihn der Vater durchtrennt hatte und seinen Jungen herunter nahm. Einige Bücher stehen im Regal, andere liegen daneben. Winnetou, Old Surehand, Die Drei Fragezeichen und einige Comics, die meiner eigenen Fantasie einen gehörigen Schub verabreicht hatten, als ich selbst noch ein Kind war. Das Bett des Jungen ist durcheinander. Blaue Bettwäsche mit einem riesigen Comic-Tiger, der ins Zimmer grinst. Die Nachttischlampe brennt noch. Durch die transparente, halb geöffnete Gardine kann man auf die Lichtung eines Waldes sehen. Frische Luft strömt in das Zimmer, am gekippten Fenster vorbei.

Der Mann führt mich in eine Küche und bleibt mittendrin stehen. Auf dem Küchentisch liegt ein zerknittertes Blatt Papier. Eine Kinderhand hatte krakelige Schrift mit blauer Tinte darauf geschrieben. »Testament. Er hat ein Testament geschrieben. Können Sie sich das vorstellen?« Ich schlucke. Tränen rinnen über das Gesicht des Vaters. Ich lese das Wort am Anfang des Briefes. Der Junge vermacht seinem Bruder Lego, Plüschbären und Bücher. Ein Mädchen soll sein Sparbuch bekommen. Er hatte das Mädchen während des letzten Sommers im Ferienlager kennengelernt und sich auf Anhieb mit ihm verstanden. Der Vater packt meine Jacke. Verzweiflung. »Bitte ... was habe ich falsch gemacht? Können Sie mir das sagen? Ich kann es nämlich nicht verstehen«, dreht sich der Vater um. Seine Fingernägel graben sich blutig in die Handballen. »Ich kann nicht verstehen, warum sich mein Junge umgebracht hat.« Ob er etwas falsch gemacht hatte, werde ich ihm nie beantworten können. Ich lese den Brief ganz.

Einen Tag vor dem Unglück gab es Stunk zu Hause. Der Junge sollte sich um die Hausaufgaben kümmern und anschließend beim Tischdecken helfen. Er bockte. Als ihm der Vater eine schallende Ohrfeige gab, blieb der Junge ruhig. »Mutter hatte schon recht, dass sie letztes Jahr weggezogen ist«, flüsterte er und fing sich dafür die letzte Ohrfeige seines Lebens ein. »Das macht der nie wieder. Der nicht«, dachte sich der Junge wahrscheinlich, während er schrieb und schrieb. Dass er das Mädchen lieb habe und es deswegen sein Sparbuch bekommen würde. Dass er auch seine Mutter lieben würde. Und, dass er es schade finde, dass sie weggezogen sei und seinen Bruder mitgenommen habe. Damit sein Bruder ihn nicht vergesse, bekäme dieser seine Spielsachen. »Seid nicht traurig« steht ganz am Ende des Briefes. Ich muss durchatmen.

Vor einigen Tagen ist Lennys jüngster Sohn ebenfalls elf Jahre alt geworden. Es war eine großartige Feier mit allem

Drum und Dran. Sein Sohn redet ständig nur von Computern, Fernseh-Sendungen und Pokémon-Figuren. Und nicht davon, sich etwas anzutun. Wie konnte dieses Kind nur, denkt Lenny vermutlich und steht vor dem Rettungswagen. Die orange Jacke mit dem silbernen Leuchtstreifen reflektiert das Licht, das vom Haus hinüberfällt. Den Zigarillo-Rauch kann man schon von Weitem riechen.

»Starten wir?« Er erschrickt, als ich plötzlich neben ihm stehe. »Die Polizisten sagen, da gibt's noch die Großeltern ein paar Häuser weiter. Wir sollen denen die Todesnachricht überbringen. Das Kriseninterventionsteam braucht zu lange.« Auch das noch.

Die Notärztin sitzt immer noch im Auto an der Einsatzstelle und schreibt, während wir bereits vor der Haustür der Großeltern stehen und die Türglocke schellen lassen. Nach einer Weile öffnet sich die Haustür, die zusätzlich mit einer Kette verriegelt ist. Ein weißhaariger alter Mann sieht heraus.

»Sanitäter? Ich habe Sie nicht bestellt.«

»Dürfen wir bitte hereinkommen?«

»Nein«, fällt die Tür ins Schloss, »ich möchte auch nichts spenden.«

Lenny klingelt erneut. Keine Reaktion. Ich klopfe gegen die Tür.

»Bitte öffnen Sie die Tür. Wir müssen Ihnen leider eine schreckliche Nachricht überbringen.«

Es vergehen einige Sekunden, in denen ich Geflüster und Schritte im Haus hören kann. Dann ist es wieder still. Die

Tür öffnet sich langsam, während sich das Böse über dieses Haus legt. Diesmal steht ein Ehepaar in der Tür und bittet uns hinein.

»Sind Sie Herr und Frau Müller und verwandt mit der Familie Müller aus der Bergstraße?«

»Ja, sind wir.«

Ich friere. Kurzes Schweigen. Einatmen. Der Blick in die Augen der beiden Alten. Und die Angst vor deren Reaktion.

»Ihr Enkel ist tot. Es tut mir leid.«

Sie starren mich entsetzt an. Die Fassade bröckelt. Einen kurzen Moment später stürzt sie ein. Herr Müller hält seine Frau, die vor ihm kniet, ihn umklammert und nicht mehr in der Lage ist, die eigene Mimik zu kontrollieren. Das Schreien von Frau Müller fühlt sich an, als ob ich in eine Guillotine eingespannt bin, und das Fallbeil rast auf mich zu. Das Messer gleitet durch mich hindurch.

Wir geben das Ehepaar zusammen mit dem Vater des Jungen in die Obhut des endlich eingetroffenen Kriseninterventionsteams.

Ich fühle mich wie ein Todesengel, der in einem blutroten Mantel und mit großen schwarzen Flügeln Angst und Schrecken verbreitet, anstatt Leid zu lindern und Menschen zu helfen. Bei diesem Einsatz belasten mehrere Situationen gleichzeitig. Eine Notärztin, die nie wieder als solche arbeiten wird. Der Vater, der die Schuld nur bei sich sucht. Die Großeltern, die nach Überbringung der Nachricht selbst zu Patienten wurden. Und die Mutter, die der Vater unmittelbar nach Auffinden seines Jungen angerufen hatte - große

Klasse. Und wir. Eine lange Zeit nach Abschluss dieses Einsatzes werden wir noch schlecht schlafen.

Und dann ist da noch der Patient selbst. Lenny hatte ein mieses Gefühl, während wir auf Anfahrt waren. Nachvollziehbar, aber ich beruhigte uns. »Was soll schon passieren?«, sagte ich. In den meisten Fällen ist die Einsatzmeldung »nicht ansprechbares Kind« falsch. Und wenn wir wiederbeleben müssen, machen wir das so wie gelernt, denn wir sind gut. Aber Wiederbelebungssituationen an Kindern sind im Rettungsdienst extrem selten. Medikamente in kindgerechter Dosierung? Die sehen wir in der Tabelle nach, die auf der Innenseite des Kinder-Notfallkoffers klebt. Und eine Intubation? Wird schon klappen. Aber es lief anders als erwartet. Dieser Einsatz begann erst, als der Patient bereits tot war.

Wie ich mich später fühlen werde? Ambivalent. Bei der bildlichen Vorstellung, zwei Todesengel mit den Ohren eines Angsthasen säßen nebeneinander im Blaulicht-Auto, werde ich grinsen müssen. Schräger Gedanke. Wenn ich an diesen Einsatz denke, werde ich weinen. Wir sind auf so etwas einfach nicht genügend vorbereitet, um professionell reagieren zu können. Wir reagieren nur. Immerhin.

Wie der Name des Jungen war? Gute Frage. Den habe ich vergessen. Oder verdrängt.

Chemieunfall

Meinen Kollegen Manfred nennen alle nur Blaulicht-Manni. Er ist ein drahtiger und quirliger Mensch, der sein allgemeines Missfallen gelegentlich durch cholerische Wutausbrüche zum Ausdruck bringt. Als Kaffee- und Zigarettenjunkie sieht man ihn fast nie ohne seine geliebte Giftnudel in der einen und der Tasse heißen schwarzen Wachmacher in der anderen Hand. Dass seit einiger Zeit Rauchverbot in allen Bereichen der Wache herrscht, stört Manni außerordentlich. Regelmäßig dürfen wir deshalb an lautstarken Verbal-Entgleisungen teilnehmen. Eskalationen enden zumeist mit einer hässlichen Umschreibung darüber, an welchem Körperteil man ihn bei gegensätzlicher Meinung lecken könne. Seitdem man ihm seine Steigbügel im Innenohr durch etwas Künstliches ersetzt hat, hört Manni auch noch schlecht. Ich gönne ihm sehr, dass er in spätestens zwei Jahren in seinen Ruhestand eintreten wird.

Wir schreiben den zweiten August. Lkw-Fahrer Peter ist an diesem Nachmittag unterwegs, um seine Lieferung zum Auftraggeber zu bringen. Sein Lkw ist ein siebenundzwanzig Tonnen schweres Vehikel mit einem Anhänger, in dem sich alle Arten von Flüssigkeiten transportieren lassen. Peter fährt die berüchtigte Bundesstraße entlang. Während er unsere Rettungswache passiert, hämmert »Born To Be Wild« aus seinen Boxen. Seine Hand umklammert den Kaffeebecher, den ihm seine Tochter zum sechsundvierzigsten Geburtstag schenkte. Darauf die Abbildung eines amerikanischen Trucks.

Kurz bevor Peter mit seinem Lkw die Anschlussstelle der Autobahn erreicht, greift er zu einer Schachtel Benson & Hedges, nimmt sich eine Kippe heraus und legt das goldene Päckchen zurück in die Ablage. Die angezündete Zigarette rutscht aus Peters Hand. Sie fällt über das Hosenbein und den Sitz in den Fußraum und fängt an, sich durch die Fußmatte zu schmelzen. Peter schreit fluchend auf, beugt sich herunter. Der Versuch, die Lulle mit einer Hand zu ergreifen geht schief. Aber gründlich. Peter rutscht ab, die andere Hand noch am Lenkrad. Er schafft es absolut nicht, die magischen Grenzen der Physik zu überwinden, obwohl er in diesem Moment so gerne wollte. Beim Versuch, wieder hochzukommen, reißt Peter schreiend am Lenkrad. Das Unglück nimmt seinen Lauf. Wenn man einen fast dreißig Tonnen schweren Lkw fährt und während einer Geradeausfahrt bei achtzig Kilometer pro Stunde am Lenkrad rupft, passiert eines: Der Lkw ändert schlagartig seine Richtung, verliert Stabilität und Spur.

Und er kippt.

Und stürzt.

Zur gleichen Zeit herrschen Ruhe und Gelassenheit in unserer Rettungswache. Manni sitzt am Küchentisch, liest sein Boulevard-Blättchen und nippt wiederholt an seiner Tasse schwarzen Filterkaffee. Wie an jedem dieser Tage murmelt er dabei einige unverständliche Worte.

Der Alarmempfänger zerteilt die Stille. Und Manni ist nicht nur quirlig. Er ist auch zackig bei der Sache, wenn etwas passiert. Insbesondere, wenn es um Fahrten mit Blaulicht und Martinshorn geht. Stellen Sie sich einen Comic vor. Kater Tom steht locker und lässig mit Zigarre, Zylinder und Schnapsglas da, während Jerrymaus einen Ballon direkt hinter ihm zum Platzen bringt. Im nächsten Bild des Comics sieht man nur noch Zigarre, Zylinder und Schnapsglas - und eine Staubwolke. Ohne Tom. So ähnlich sieht eine Szene mit Manni aus, wenn der Alarmempfänger auslöst.

Sieben Minuten später ist Manni mit seinem Kollegen am Ort des Geschehens.

Die Rückmeldung:

Manni: »Hier ist Wagen 12/13. Ein Lkw hat sich auf die Seite gelegt.«

Leitstelle: »12/13, verstanden. Um welchen Fahrzeugtyp handelt es sich?«

Manni: »Um einen Lkw. Das sagte ich bereits.«

Kurze Funkstille. Irgendetwas rauscht im Lautsprecher unseres Funkgerätes. Man kann förmlich sehen, wie der Leitstellendisponent in sich zusammengekauert auf seinen Bürostuhl schwitzt. Der Kopf hochrot, die Adern geschwollen, mit Schweißperlen auf der Stirn. Die Atmosphäre: Dynamit. Auch der Disponent weiß, mit welchem Rettungsassistenten aus unserem Bereich er es hier zu tun hat.

Manni: »Da sprudelt etwas aus dem Lkw.«

Leitstelle: »Muss ich mir hier alles selber zusammenreimen?«

Manni: »Könnte Benzin sein.« Stille. »Nein, Moment. Die Brühe läuft aus dem hinteren großen Tank aus.«

Leitstelle: »Chemieunfall? Geben Sie mir bitte die Ziffern der Warntafeln durch.«

Manni: »Das Zeug blubbert gerade ins Erdreich. Auf jeden Fall scheint es ein Chemielaster zu sein.«

Leitstelle: »Bitte Funkstille bis auf Widerruf, mehrere Alarmierungen ...«

Auf Knopfdruck sind ein vollständiger Sanitätszug, der ABC-Trupp der nahegelegenen Feuerwehr, verschiedene Rettungshubschrauber, das Technische Hilfswerk und mehrere Rettungswagen und Notärzte zur Einsatzstelle hin unterwegs, insgesamt fünfzig Einsatzfahrzeuge. Der Dialog zwischen Manni und dem Leitstellendisponenten ist aber noch nicht beendet.

Manni: »Wir haben es mit einer flockenden weißen Flüssigkeit zu tun. Da ist ein riesiger Krater im hinteren Teil des Lkw.«

»Können Sie mir jetzt endlich sagen, was auf den orangefarbenen Warntafeln steht?«, schnauzt der Disponent. Die Gefahrentafel ist eine rechteckige, orangefarbige Tafel, anhand derer man den Inhalt des Fahrzeugs identifizieren kann. Die darauf abgebildete Gefahrnummer gibt Aufschluss über die Art der Gefahr. Es gibt keine Warntafeln, sagt Manni. Er besteht darauf, dass die Warneinrichtung beim Umkippen abgefallen sein muss. Den Einwand, diese Tafeln befänden sich um den ganzen Lkw herum, überhört Manni. Verziehen Sie sich lieber, bevor Ihnen das Ding um die Ohren fliegt, warnt der Disponent.

Nein, keine Warntafeln. Aber Manni kann sagen, was auf dem Anhänger des Lkw steht.

Dem kompletten Rettungsdienstbereich stockt der Atem. Mittlerweile haben sich nicht nur Polizei und Presse auf unseren Funk aufgeschaltet, sondern auch die oberste Rettungsdienst-Behörde - das Innenministerium. Alle warten. Vermutlich befindet sich Acetonperoxid im Tank. Oder sogar Pikrinsäure. Oder auch Toluol, na herzlichen Glückwunsch. Oder, oder, oder.

Es gibt nur ein Problem.

Geschwungene Serifen pinseln die Worte »Trasporto Latte« auf den silbernen Tank. Milchlaster. Milch, die beim Auftreffen auf den heißen Asphalt sofort flockte. Mit seiner Lagemeldung machte Manni unseren Rettungsdienstbereich zur Muppet-Show.

In Zukunft wird Manni regelmäßig kleine Präsente erhalten. Und zwar zu seinen Geburtstagen und den Jahrestagen des Milch-MANV[2]. Das erste Geschenk wird ein kleines Taschenwörterbuch der italienischen Sprache sein. Manni wird dazu nicht viel sagen. Außer, dass wir ihn endlich in Frieden lassen sollen.

---

2 Massenanfall von Verletzten

Geiselnahme

Frank stammt aus einfachen Verhältnissen, ohne je eine großartige Chance auf Gold bekommen zu haben. Ohne Schulabschluss hangelt er sich von Job zu Job und backt seit Jahren immer nur kleine Brötchen. Mal als Auffüller in einer Drogerie, dann wieder als Hilfsarbeiter in einer Gärtnerei oder als Ausfahrer bei einem Lieferservice für Pizza und asiatisches Junkfood. Immer unsichtbar. Immer untergeordnet. Immer ganz unten. Als er vor zwei Wochen seinen Traumjob als Lagerist bei der Telekom verlor, hatte Frank die Schnauze endgültig voll. Er wollte abtreten und diese hässliche ungerechte Welt für immer hinter sich lassen. Aber nicht einfach so. Ein Paukenschlag darf Franks Ende verkünden und ihm ein Denkmal setzen. Ganz Deutschland muss sich für immer an ihn erinnern. Für ein paar Kröten hatte er sich von einem seiner heruntergekommenen Freunde eine Handgranate besorgt.

»Auf Wiedersehen und vielen Dank für Ihren Einkauf!«, ruft ihm der Verkäufer eines örtlichen Waffengeschäftes nahe der Altstadt hinterher, in welchem sich Frank die heiß begehrte Fünfundvierziger geholt hatte. Jetzt noch schnell mit dem Fahrrad zum Lidl, der momentan eine Sturmhaube im Angebot hat, bei der nur die Augen des Trägers zu erkennen sind. Das Komplettpaket für den Gelegenheitsräuber ist geschnürt. Frank ist zufrieden mit seinen Einkäufen und seinem Plan, den er am folgenden Morgen in die Tat umsetzen wird.

SBC - »Suicide by Cop«. So nennen Psychologen die perverse Variante, sich durch Kugeln aus einer Polizeiwaffe hinrichten zu lassen.

Die Gründe sind vielfältig. Grenzenloser Hass auf die Staatsmacht lässt die Täter sich selbst als Opfer der Exekutive hinstellen und sich in den Abendnachrichten feiern. Manche glauben an eine Sünde namens Selbstmord und sind einfach nur zu feige, um im stillen Kämmerlein ein paar Schlaftabletten mit Wodka hinunter zu spülen. Sie benutzen lieber Polizisten, um die Drecksarbeit für sich erledigen zu lassen. So wie Frank.

Vierzehnter Februar, zehn Uhr. Der Tag X. Frank betritt die Praxis eines niedergelassenen Zahnarztes in der Hauptstraße und verschwindet mit seinem eingerissenen verdreckten Beutel aus Baumwolle auf die Toilette. Es sind heute nicht so viele Patienten anwesend, wie er gehofft hat. Über zwanzig Geiseln sollten es schon werden. Kurzes Innehalten.

Was, wenn eine Geisel aufmüpfig würde? Was, wenn nicht alles nach Plan liefe? Oder der Zahnarzt ihn nicht ernst nehmen würde? Was, wenn ihn überhaupt niemand ernst nimmt?

Frank schwitzt. Der Schweiß perlt ihm über die Stirn hinab, am Hals entlang, um sich anschließend im blass-grünen T-Shirt zu verlieren. Er trocknet sich die feuchten Hände mit einem Stück Klopapier. Dann zieht Frank die Sturmhaube über und greift sich die Waffe samt Handgranate.

»Überfall! Das ist ein Ü-ber-fall!« Köpfe drehen sich zu Frank hin, der die Tür so gegen den Stopper gestoßen hatte, dass die Fenster vibrieren. Starre Blicke, eine Helferin lässt ihre Unterlagen fallen. Blätter fliegen durch die Gegend. »Keiner bewegt sich. Verstanden?« Stille. »VERSTANDEN?«

Das Nicken aus allen Richtungen erinnert an ein sechsjähriges Kind, dem man soeben eine geklebt hat. Nur das Gluckern der Kaffeemaschine ist sonst noch zu hören, als das Telefon der Zahnarztpraxis schellt. Franks Drohung in die Richtung der Helferin wirkt. Das Klingeln verhallt unbeantwortet. Keiner wagt es, auch nur zu atmen.

Der Zahnarzt kommt kauend aus der Praxisküche und tritt um die Ecke. Die Apfeltasche scheint ihm förmlich im Hals stecken zu bleiben. Mit weit aufgerissenen Augen blickt er direkt in die Mündung der automatischen Handfeuerwaffe. Der Zahnarzt ist es auch, der die ersten Worte findet.

»Was wollen Sie? Spinnen Sie?«

»Halts Maul, schluck' runter und schwing' deinen Kadaver in die Ecke dort drüben!«

»Was?«

»Ich knall' dich ab! Los jetzt!« Die Mündung der Waffe deutet in Richtung Zahnarzt-Stirn.

Die Gesichtsfarbe des Zahnarztes schlägt von Rot nach Weiß um, als dieser den Ernst der Lage realisiert. Wie befohlen schleicht er in gramgebeugter Haltung auf einen Stuhl in der Ecke. Frank deutet mit der Waffe auf eine Helferin. »Zusperren. Die Eingangstür, verstanden?« Klack-klack. Schon geschehen.

»So, und jetzt will ich keinen Furz mehr hören!«

Auf die Idee wäre ohnehin niemand gekommen, jetzt hier noch irgendetwas zu sagen. Franks Anspannung lässt etwas nach, nachdem alle Geiseln gehorchen. Er stellt sich ans Fenster, sieht auf die Hauptstraße. Und wartet.

Am Morgen davor. Die Uhrzeit: halb sechs. Zum Kotzen. Mein Außenthermometer zeigt stattliche einundzwanzig Grad unter null. Der Atem friert auch in diesem Februar wieder von innen an der Scheibe fest. Mein violettes siebenundneunziger Ford Escort Cabrio mit einer Menge Rost und einem defekten Kühlmittel-Thermostat hat leider keine Klimaanlage oder gar eine Standheizung. Es ist ein Sommerauto.

Für mich bedeutet das, auf meinem drei Kilometer langen Weg in die Wache ungefähr fünfzehn Mal anzuhalten und ein neues Guckloch von außen und innen in die Scheibe zu schmirgeln. Alternativ fahre ich an manchen Tagen mit offener Seitenscheibe und halte meinen Kopf hinaus, sofern die Scheibe nicht festgefroren ist und sich öffnen lässt. Wenn mir dann die Gesichtszüge erstarrt sind, was nicht lange dauert, halte ich doch an und kratze lieber. Eingefrorene Pfoten sind angenehmer, als eine gefrorene Fresse. Scheiß Winter. Ich hatte ihn schon immer dick.

Während es langsam hell wird, sitze ich schon lange auf dem Beifahrersitz des Rettungswagens. Das Radio verkündet einen ungemütlichen Vormittag auf den Straßen. Der Verkehr steht still, und die Autobahn ist wegen eines Verkehrsunfalles in beide Richtungen ge … klack.

Mit einer knappen Handbewegung unterbreche ich den Sprecher. Nach drei Krankentransporten haben Lenny und ich Hunger auf Frühstück. Auf dem Weg zum Bäcker kämpfe ich mich durch dichten qualmenden Stadtverkehr und beobachte Menschen, die hinter dem Steuer in ihren Autos sitzen. Sie sind geblendet vom Hellweiß der Sonne, das ihre Gesichter morgengrau und müde aussehen lässt. Aufgetürmte Schneehaufen am Rande der Straße explodieren in der Sonne zu grellen Lichtkegeln und verschwimmen im Vorbeifahren.

Beim Bäcker treffe ich zufällig auf Sarah, eine der Krankenschwestern der Notaufnahme.

»Hallo Christian. Hab's leider etwas eilig. In 'ner halben Stunde muss ich in der Notaufnahme stehen. Heute ist Mittwoch und somit Praxisvertretung, da rennen sie uns ab ein Uhr die Bude ein.«

Du hast es gut. Bist um sechs wenigstens wieder zu Hause, denke ich und packe mein Salamibrötchen. Sarah blickt an mir vorbei und deutet auf unseren Rettungswagen. Lenny demonstriert mir mit erhobenem und sich drehendem Zeigefinger einen Notfalleinsatz, den wir übernehmen sollen.

»Wollte mir mit Frühstücken ohnehin noch eine Stunde Zeit lassen. Verdammt. Bis später in der Notaufnahme.«

Die Einsatzmeldung ist komisch. Keinerlei Informationen. Nur die Aufforderung, wir sollten mal »über Draht« kommen, wenn es geht. Wir sollen also anrufen. Ich zücke mein

Telefon und wähle den internen Helpdesk der Integrierten Leitstelle an.

»Leitstelle, Michael am Apparat.«

»Christian, Wagen 12/18. Wie gewünscht über Telefon. Was gibt's denn so Geheimes?«

»Fahrt in die Hauptstraße vierundvierzig. Zahnarztpraxis Rohrmüller. Da hat einer circa zwanzig Geiseln genommen. Mehr weiß ich leider auch noch nicht. Die Polizei organisiert die Sperrung der Hauptstraße in diesem Moment. Es rückt übrigens eine ganze Kavallerie an Fahrzeugen von uns an.« Klack.

Mittlerweile ist Sarah bei uns und will wissen, weshalb wir noch nicht losgefahren sind. »Geiselnahme. Zahnarztpraxis. Stellt euch in der Nothilfe heute auf etwas mehr Trubel ein.«

»Passt ja auf euch auf!«

Natürlich passen wir auf uns auf, sage ich. Bei dem großzügigen Gehalt kann wirklich niemand von uns verlangen, dass wir auch noch unser Leben aufs Spiel setzen.

In gebührender Entfernung, aber mit Sicht auf die Praxis stellen wir uns direkt hinter einen Streifenwagen. Der Polizist nuschelt, aber es fallen die Worte »SEK« und »Großeinsatz«. Der Geiselnehmer Frank hat nach wie vor ein klares Ziel vor Augen: Er möchte sterben. Die erste Forderung lautet, einen Scharfschützen gegenüber auf einem der Hausdächer zu postieren. Ein Wunsch, den ihm die Polizei kaum abschlagen wird.

Es ist schon halb zwei. Lenny und ich stehen noch immer an derselben Stelle wie vorher. Nur ohne Essen, denn das Frühstück hatten wir bereits vertilgt. Mittlerweile war auch das SEK eingetroffen. Das ist teilweise vergleichbar mit dem Unterschied zwischen bodengebundenem Rettungsdienstpersonal und dem Personal eines Rettungshubschraubers. Nur, dass in dem Fall der Hubschrauber ein etwas teureres, schnelleres und schonenderes Transportmittel ist. Nicht mehr und nicht weniger. Es ist auch nicht so, dass Gott höchstpersönlich aus einem Rettungshubschrauber aussteigt oder ein Patient ohne diese Hubschrauberbesatzung rettungslos verloren wäre. Im Gegenteil. In der Regel ist die gröbste Arbeit gemacht, wenn der Helikopter eintrifft und dessen Besatzung erhält einen komplett vorversorgten Patienten zum Transport.

Kein Glorienschein über den Köpfen von Luftrettungsassistenten und Hubschraubernotärzten. Bodenbesatzungen und Leitstellendisponenten können sich verbalen Kniefall und Schleimerei sparen. Sie kostet wertvolles Charisma und bringt den Luftrettern eine Lachnummer. Ein Hubschrauber ist nicht das qualifiziertere Rettungsmittel. Man kann die Welt nur von oben sehen und der Patient hat einen Geschwindigkeitsvorteil. Sonst nichts.

Drei hellblaue VW-Busse mit getönten Scheiben und Kojak-Light auf dem Dach fahren vor. Aus jedem der Busse steigen sechs bis auf die Zähne bewaffnete Männer mit kugelsicheren Westen und warten auf die Befehle der Führungsebene. Auf dem Dach postieren sich zwei vermummte Scharfschützen. Laden ihre todbringenden Waffen, positionieren sich und warten.

Mittlerweile hat sich ein stattlicher Auflauf an Menschen auf der gegenüberliegenden Straßenseite zusammengerottet. Lustige Szenen spielen sich ab, eine ältere Frau ist stinksauer. »Ich muss da rein«, sagt sie und deutet auf das Geschäft im Erdgeschoss des abgeriegelten Hauses, »ich habe einen Massage-Termin.« Ein Polizist schüttelt den Kopf. »Das geht jetzt aber nicht.« Und warum? »Weils nicht geht.« Auch eine Anwohnerin aus dem Nachbarhaus, die kurz beim Einkaufen war, kommt nicht mehr in ihre Wohnung. »Aber wieso denn?« Die Polizisten haben mittlerweile Routine. »Weils nun mal nicht geht.« Punkt.

»Fünfzig Geiseln hat er in seiner Gewalt«, weiß einer. »Ein Selbstmord-Kandidat, wie in Amerika«, analysiert ein älterer Herr im Lodenmantel. Und ein anderer Schaulustiger korrigiert auf siebzig Geiseln.

Journalisten haben inzwischen ihre Übertragungswagen aufgebaut und damit ausschließlich Probleme produziert. Mal ganz abgesehen von den Falschmeldungen, die zwischenzeitlich entstanden sind, sorgen sie für Chaos beim behördlichen Funkverkehr. Die Gigasat-Anlagen der Übertragungswagen haben scheinbar eine so hohe Sendeleistung, dass unser Rettungsdienstfunk nicht mehr durchkommt. Die Polizei macht kurzen Prozess und terminiert die journalistische Pressefreiheit. So eine Entscheidungsfreudigkeit habe ich bei Polizisten schon lange nicht mehr gesehen. In diesem Fall ist es jedoch nicht weiter verwunderlich - die Polizei funkt mit gleicher Technik, wie wir es mit unseren Rettungswagen machen. Also: journalistische Gigasat-Anlagen in Betrieb = kein Funkverkehr zwischen Polizei, Rettungsdiensten und Feuerwehr.

Es ist viertel vor vier. Wir haben noch immer nichts zum Essen gehabt. Mittlerweile tut sich etwas - die erste Geisel verlässt gerade das Haus.

»Wagen 12/18? Fahren Sie vor und kümmern sich um den Patienten«, knistert es aus unserem Lautsprecher.

Der Patient steigt ein. Wir sind neugierig und fragen nach. »Der Gangster ist komisch. Er scheint kein rechtes Ziel vor Augen zu haben«, sagt der Mann, der Diabetiker ist. Er hatte vorhin in der Praxis gelogen, dass ihm schwindlig sei und er Insulin brauche.

»Und was hat er gesagt?«

»Nur, dass ich gehen darf. Er scheint kein schlechter Mensch zu sein, denn er hatte Mitleid mit mir. Keine Ahnung, was er vorhat. Aber ich kann mir nicht vorstellen, dass er da lebend raus kommt. Ich bete für ihn.«

In der Ambulanz begrüßt mich Sarah.

»Wie sieht es aus?«, sagt sie.

»Laut Aussage des Patienten von gerade eben hat er noch vierzehn Menschen in seiner Gewalt. Sein Ziel ist unklar.«

»Unklar?«

»Ja. Bislang hat er nur gefordert, auf dem Dach gegenüber Scharfschützen zu postieren.«

»Dann will er 'nen theatralischen Abgang, oder?«

»Genau, so ist es.«

Lenny und ich fahren zurück zur Praxis. Mittlerweile wird es dunkel. Erste Schneeflocken landen sanft vor unserem Rettungswagen und bedecken die Straße.

Nacheinander werden dreizehn weitere Geiseln aus Franks krankem Plan entlassen und dürfen die Praxis verlassen. Einige von ihnen brechen zusammen und werden in der Folge eine posttraumatische Belastungsstörung entwickeln. Schlafstörungen und Flashbacks werden die leichtesten Symptome sein. Der teuerste Zahnarztbesuch ihres Lebens.

Neunzehn Uhr fünfzig. In der Praxis ist es still. Durch das Fenster sehen wir Frank, wie er rastlos hin und her läuft. Ab und zu zupft er den Vorhang beiseite und späht hinunter auf die Straße.

Nur noch eine einzige Geisel befindet sich in seiner Gewalt. Kalkulierbares Risiko für die Exekutive. Der Polizeichef wird später während der Pressekonferenz sagen, Frank hätte die Helferin nicht gehen lassen. Der Einsatzleiter der Polizei gibt seinen Leuten über Funk einen eindeutigen Befehl.

Zwanzig Uhr zwei. Ein Knall. Die Eingangstür fliegt auf. Das Schloss ist zerstört. Drei vermummte SEK-Beamte stürmen mit vorgehaltenen Waffen in die Praxis hinein und überraschen Frank. Noch kehrt er ihnen den Rücken, dreht sich aber unmittelbar herum. Franks Augen treffen den Blick des ersten Polizisten, während sein Arm die Waffe direkt in Richtung Kopf des Beamten führt. Und der zögert keinen Bruchteil einer Sekunde.

Die erste Kugel schlägt mit stählerner Härte durch Franks Brust.

Während er zurücktaumelt, bahnt sich die zweite Kugel einen Weg durch den rechten Lungenflügel wie ein heißes Messer durch Butter. In Frank blitzen Gedanken der Reue und Schuld auf. Meine Eltern werden traurig sein, wenn sie an meinem Grab stehen und Rosen hineinsinken lassen, denkt er vielleicht.

Eine dritte Kugel trifft auf Franks Stirn. Der Schädelknochen zersprengt, das Projektil schwimmt mit bleierner Leichtigkeit durch den Frontallappen und die Hemisphäre. Beim Durchschneiden des zweiten Hirnnervs explodiert das Sehen in bunten Blitzen. Das Projektil verschmilzt mit Gewebe des Großhirns und lässt Franks Bewusstsein für immer erlöschen. Während die Arteria cerebri media eine Blutfontäne aus der Nase schießen lässt, durchschlägt die Kugel den Hirnstamm. Um zwanzig Uhr und drei Minuten ist Franks Leben zu Ende. Der Plan ist aufgegangen.

Die SEK-Beamten führen die letzte Geisel hinaus. Die Helferin. Ein junges Mädchen, das in der Eingangstür über die Schwelle stolpert. Bis dahin hatte ihre Fassade gehalten. Bis dahin war sie nach außen hart geblieben und gab sogar ein Interview, als ein großer Radiosender in der Praxis anrief. Ganz großes Kino. Der folgende Dialog würde sich so abspielen, wenn ich als betroffener Arzthelfer in so einer Situation stecken würde:

Moderator: »Guten Tag, hier ist Radiosprecher XY. Wie fühlen Sie sich heute?«

Ich: »Ganz gut. Nur die Fünfundvierziger in meinem Nacken verhagelt mir die Laune ein wenig.«

Moderator: »Aber ich bin sicher, dass sich das einrenkt, oder?«

Ich: »Klaro. Das SEK wird sich schon gebührend darum kümmern.«

Moderator: »Wo ist der Geiselgangster jetzt und wie heißt er eigentlich?«

Ich: »Er ist soeben zum Pissen nach nebenan gegangen und hat mir die Aufsicht übertragen. Wenn ein gehirnamputierter Radiomoderator anruft, soll ich möglichst keine Auskunft geben. Und der Gangster heißt Frank.«

Wir packen unsere Sachen zusammen und machen uns auf den Heimweg. Nachdem wir das echte Interview im Radio gehört haben, kommt Lenny zu einer einzigen Erkenntnis: Es gibt auch unter Radiosprechern völlig skrupellose Idioten, die nur bis zur Brille weit über eventuelle Folgen nachdenken und alles für ihre beschissenen Einschaltquoten machen würden.

Perfekt geformte Schneeflocken fallen wie Wattebällchen vom Himmel und bedecken die Straßen mit weißem Flaum, während der Berufsverkehr nach Hause rollt. Die letzten Journalisten packen Kameras und Mikrofone ein, steigen in ihre Autos und räumen endlich die Hauptstraße. Menschen laufen wieder an der Zahnarztpraxis vorbei. Sie ahnen nichts von der Tragödie, die sich noch vor Kurzem hier in diesem Gebäude abgespielt hat.

Frank nützt das alles nichts mehr. Es stellte sich heraus, dass die Waffe nur eine Gaspistole war, die niemanden hätte töten können. Die Handgranate war ein täuschend echt aussehendes Feuerzeug. Dem Polizisten blieb aber trotzdem keine andere Wahl. Niemand ist in der Lage, innerhalb weniger Momente den Unterschied zwischen einer scharfen Pistole und einer Spielzeugwaffe zu erkennen. Er musste die tödlichen Schüsse auf Frank abfeuern. Und Frank wollte das ja so.

Es ist noch immer eisig. Beim Ausatmen bilden sich Eiskristalle in der Luft und sinken lautlos zu Boden. In den nächsten zwei Monaten ist noch Dauerfrost angesagt. Dann sollte es endlich etwas wärmer werden.

Süße Rache

Wenn Sie einen Rettungswagen steuern würden, sähen Sie die Welt mit anderen Augen. Meistens hätten Sie es eilig. Ihnen würde es nicht nur darum gehen, eine Pizza auszuliefern oder ein Paket zum Empfänger zu bringen. Sondern um einen Menschen, der sich unter Umständen in genau diesem Moment in Lebensgefahr befindet. Dafür stünde Ihnen ein spezielles Werkzeug zur Verfügung - der Rettungswagen.

Der Rettungswagen ist ein großes, mächtiges und lautes Fahrzeug mit einer ausgefallenen Lackierung. Kein bloßes Blassgrün oder Hellbraun. Auffälliges Weiß mit Streifen in rotem Sonderlack, für deren Benutzung man eine spezielle Zulassung benötigt.

Die vier in den Ecken angeordneten Blaulichter sollen mit Rundum-Leuchtkraft und großer Reichweite noch mehr der geschätzten Aufmerksamkeit des Autofahrers auf deutschen Straßen auf sich ziehen. Das Martinshorn bekräftigt mit einem Schalldruck von einhundertzwanzig Dezibel das Begehren des Retters. Es bedeutet: »Mach' jetzt bitte den Weg frei« und ersucht den Bürger nachdrücklich, auf die Seite zu fahren.

Was er vorwiegend aber nicht tut. Es existieren unterschiedliche Typen von Autofahrern, die uns Rettern das Leben so schwer wie möglich machen.

Typ Nummer *Eins* ist einer der gefährlichsten aller Autofahrer. Sobald ein Rettungswagen das Einsatzhorn einschaltet, steigt er unverzüglich und ohne jede Verzögerung auf die Bremse, um einen neuen Rekord in Sachen Bremsweg aufzustellen. Je kürzer, desto besser. Wenn dieser Autofahrer wenigstens noch auf die Seite fahren würde, hätten wir eine Chance, an ihm vorbeizukommen.

Typ Nummer *Zwei* reagiert überhaupt nicht. Entweder hat er den Lautstärke-Regler seines MP3-Radios so eingestellt, dass er das Einsatzhorn für einen Bestandteil seines Hip-Hop-Gerülpses hält oder er ist gehörlos.

Typ Nummer *Drei* ist Dogmatiker. Er will nichts hören und ignoriert den Rettungsdienst grundsätzlich. Wenn wir mehrere Kilometer hinter so einem skrupellosen Querulanten hergefahren sind, wünschen wir uns eine Axt, einen Revolver oder vier geplatzte Reifen auf einen Schlag. Und dass der Arsch getrost in die Hölle fahren möge. Dort müsste er wenigstens keine Verkehrsregeln beachten.

Typ Nummer *Vier* wartet strategisch ab. Eine günstige Gelegenheit muss her, um sein Fahrzeug zum Ausweichen an den Straßenrand fahren zu können. Mehrere Auswahlmöglichkeiten stehen zur Verfügung. Der Punkt vor einer Bergkuppe erscheint ihm perfekt, die Gegenspur ist nicht einsehbar. Alternativ hält Nummer *Vier* in einer steilen Rechtskurve, in der sich das gleiche Problem stellt. Ein weiterer beliebter Haltepunkt ist auf einer Geraden parallel zu einem Autofahrer, der sich auf der Gegenspur befindet. Als ob sie sich beide »Guten Tag« sagen wollten. Und wir passen wieder nicht durch und müssen dabei zusehen, wie zwei Autofahrer völlig an der Realität vorbei reagieren. Sofern man dies als Reaktion bezeichnen kann.

An Sonntagen ist das Gefahre besonders ärgerlich. Der Begriff »Gefahre« kommt übrigens nicht von »Gefahr«, sondern von »Fahren«. Das ist die Handlung, die ein Autofahrer hierzulande am schlechtesten beherrscht, wenn wir mit unserem Rettungswagen vorbei müssen. Da es auf allen Kontinenten Rettungswagen gibt, stellt sich dieses Problem nicht ausschließlich in Deutschland.

Tags zuvor fuhr ich zusammen mit Lenny hinter einem silberfarbenen, polierten Mercedes her. Das Kennzeichen: ohne Euro-Symbol. Jemand, der sein Fahrzeug schon lange besitzt und eine bestimmte Altersgrenze überschritten haben muss. Der Fahrer war aus der nahegelegenen Großstadt. Klar – gestern war Sonntag, an dem die Großstädter ihr Fahrzeug Gassi fahren oder sich mal eine andere Landschaft ansehen wollen.

Durch die Heckscheibe erspähte ich das berühmte Strick-Klohütchen nebst Wackel-Dackel. Der Kopf des braunen Filz-Köters schwabbelte hin und her, als hätte man dem Mistvieh einen Nagel ins Kleinhirn gerammt. Völlig grundlos wandte der Mercedes-Fahrer stakkatoartige Bremsmanöver an, und brachte Lenny und mich damit zur Weißglut.

Dann waren sie da: der Einsatz und die Gelegenheit, sich an dem alten Sack zu rächen. Fernlicht, die blauen Strobo-Blitzer und das Einsatzhorn gleichzeitig aktiviert. Erst nach links, dann nach rechts und dann wieder nach links konnte sich der dumme Uhu nicht entscheiden, wohin er ausweichen sollte und welches Lenkmanöver zu diesem Anlass angemessen erschien. Nach einem weiteren Kilometer

Verfolgungsjagd kam ihm die rettende Idee: eine zielgenaue Vollbremsung frontal auf die einzige Verkehrsinsel dieser Straße, die ihm zwei platt gefahrene Reifen und eine verbogene Spurstange eingebracht haben durfte.

Reaktionsverkrüppelt. Und sinnfrei, denn wir bogen kurz vor Erreichen dieser Verkehrsinsel links ab. Ätsch.

Eine Frage der Wertigkeit

Heute lasse ich mein persönliches Feuerwerk aufsteigen. Vor genau zwanzig Jahren stieg ich beim Rettungsdienst ein. »Menschen, die helfen«, »... weil Nähe zählt«, »aus Liebe zum Leben«, und wie die Slogans alle heißen mögen: sie sind unerheblich für meine Arbeit und für dieses Buch. Deswegen werde ich meine Rettungsdienst-Organisation in keiner Zeile namentlich erwähnen.

Der Weg zum Rettungsassistenten war eine Zeit voller Entbehrung und nagelneuer Erkenntnisse. Ich stellte fest, dass ich zusätzlich zur Schulzeit einen großen Teil meines Privatlebens in diese Ausbildung investieren musste. Die Zeit bis zum bestandenen Staatsexamen war für das benötigte umfangreiche Wissen zu kurz. Während Freunde am See lagen und in der Sonne schliefen, hatte ich mein Anatomie-Buch in der Hand. Teilnahme an der Geburtstagsfeier? Nein, ich muss noch Pharmazie lernen. Ski fahren? Geht nicht, weil...

Irgendwann fingen die Träume an. Surreale Einsätze. Rettungswagen ohne Motor, ein Piepser schlägt Alarm und niemand reagiert darauf, Räume voller Defibrillatoren unterschiedlichster Bauweise. Ich hielt dies für normal, wenn man sich voll und ganz dem Rettungswesen hingab. Aber das war es nicht. Normal ist so etwas niemals.

Als Praktikant machte ich die Ausbildung im Dualen System. Das Duale System ist eine Ausbildungsform, in der man abwechselnd einen Block Schule, einen Block Praktikum in einer Rettungswache und einen Block in einem

Krankenhaus absolviert. Nach einem Zeitraum von zwei Jahren erfolgt das Staatsexamen. Praktisch, mündlich und schriftlich.

Ein Maurer bekommt 527 Euro und 65 Cent im dritten Lehrjahr. Das sagt der Gesetzgeber. Der Auszubildende im Rettungsdienst muss die Schule dafür bezahlen, dass er irgendwann einmal Menschen helfen und die Verantwortung für Leben übernehmen darf. Auch im Jahr 2011 ist die Ausbildung kein anerkannter Ausbildungsberuf im Sinne des Berufsbildungsgesetzes – dank dem Gesetzgeber. Damit ich mein Praktikum in einer Rettungswache machen durfte, bekam ich von meinem damaligen Rettungsdienst-Leiter hundertsechzig Mark Aufwandsentschädigung. Nein, nicht pro Tag - pro Monat.

Die Lobby »Rettungsdienst« ist erbärmlich. Oder kannten Sie den Begriff »Rettungsassistent«, bevor Sie dieses Buch gelesen hatten? Wussten Sie vorher, dass Rettungsassistenten zu mehr in der Lage sind, als einen Menschen in ein Krankenhaus zu karren? Oder dass der Rettungsassistent nicht der Assistent des Rettungssanitäters ist, sondern umgekehrt? Macht nichts. Auch Institutionen, die sich hauptsächlich mit Ausbildungsförderung beschäftigen, reihen sich nahtlos in die Gruppe der Unwissenden ein.

Als ich den Entschluss für meinen Beruf gefasst hatte, ging ich eines Morgens ins hiesige Arbeitsamt. Es war ein Versuch, irgendeine Form von Unterstützung für mein Vorhaben zu beantragen. Das rosa Gebäude mit dem großen roten »A« hatte schon bessere Zeiten gesehen. Der Putz bröckelte von der Außenmauer, die Türrahmen könnten auch einen neuen Anstrich vertragen. Die grünen Fensterläden hingen in verrosteten Scharnieren und schlugen gegen die Wand. Es roch nach Rosen.

Montagmorgen, acht Uhr, Zimmer 3. Nummer fünfzehn stand auf dem roten Abriss aus rauem Recycling-Papier. Sachbearbeiterin Frau Müller rief mich auf. Ich drückte die goldene Klinke und betrat das kleine vollgestellte Zimmer, das noch ungelüftet war. Eine businessgestylte Endvierzigerin mit kurzen blonden Haaren, einem hageren Gesicht und einer großen runden Brille schaute mich über ihren Brillenrand an, die Stirn in Falten und mit einem Humor, wie Edgar Allan Poe ihn besaß. Es stank nach abgestandener Luft, Staub und bleischwerem Frauenparfüm.

»Ja? Was wollen Sie?«

»Guten Morgen. Ich würde Sie gerne fragen, welche Möglichkeiten der finanziellen Unterstützung es für meine beabsichtigte Erstausbildung zum Rettungsassistenten gibt.«

»Beabsichtigte Erstausbildung?«, papageite sie und blätterte in irgendwelchen Unterlagen. »Junger Mann, normalerweise bekommen Sie ein Ausbildungsgehalt von ihrem Lehrbetrieb. Sofern Ihnen das aus welchen Gründen auch immer nicht ausreichen sollte, müssten Sie noch mal hier vorsprechen. Kann ich sonst noch irgendetwas für Sie tun?«

Das ist es ja. Diese Ausbildung wurde leider nicht bezahlt. Ich weiß nicht, ob es am Montag lag. Oder daran, dass Frau Müller eine beschissene Nacht hatte und ihren Job hasste. Oder ob der Grund Frau Müllers fehlerhafte Transferleistung war, die ihr ein Verstehen der Situation unmöglich machte. Vielleicht war auch nur meine Persönlichkeit schuld daran, und sie hasste mich.

»Wissen Sie was? Lernen Sie doch zunächst einmal etwas Vernünftiges, und dann machen Sie das da, wenn Sie meinen«, war das einzige und endgültige Resümee, das Frau Müller gezogen hatte. Ich bin mir nicht sicher, ob sie den Sachverhalt genau begriffen hatte. Ob sie auch begriffen hatte, dass die Sanitäter die Ersten sind, die an einem Notfallort eintreffen und eine gute Ausbildung dringend nötig ist. Und dass auch Frau Müller in Zukunft einen Schlaganfall haben könnte und auf kompetente Rettungskräfte angewiesen wäre. Retter, die mehr auf dem Kasten haben, als einen Erste-Hilfe-Kurs. Aber Frau Müller hatte an diesem grauen Morgen einfach keine Lust, sich mit einem zu beschäftigen, der Rettungsassistent werden wollte. Ich stand ernüchtert und fassungslos vor der Fassade des Arbeitsamtes, wünschte Frau Müller zur Hölle und machte mich auf den Heimweg.

Blick über den Tellerrand. Amerika - das Land der unbegrenzten Möglichkeiten. Auch in Sachen Notfallmedizin um Lichtjahre voraus. Dies betrifft nicht nur die Ausbildung der Paramedics, sondern auch die des Bürgers. Wenn Sie ein vierjähriges amerikanisches Kind fragen, welche Rufnummer es im Notfall wählen muss, wird es mit 911 antworten. Die einzige amerikanische Notrufnummer. Stellen Sie dem durchschnittlichen deutschen Erwachsenen dieselbe Frage, und Sie werden erstaunt darüber sein, welche absurden Einfälle dabei zutage kommen. Von der seltsamen Erwartungshaltung des Bürgers abgesehen. Meistens ist davon die

Rede, »bitte nur eine Spritze« zu wollen. Ob Herzinfarkt, Schlaganfall oder Leberzirrhose - die wundersame und lebensrettende Injektion gibt's jederzeit von uns Sanitätern und macht, dass alles sofort besser wird. Puff. Aber leider ist das falsch. Ein Notfall hat für uns immer ein und dieselbe Abfolge: Wir betreten die Szenerie, machen uns ein Bild der Situation und leiten anschließend die Maßnahmen ein. Wenn es erforderlich ist, wird zusätzliche Hilfe nachgefordert. Der Patient wird nach allen Regeln der Kunst versorgt, bekommt Sauerstoff, einen venösen Zugang, einen Verband oder einfach nur ein offenes Ohr. Dann entscheide ich mit meinem Teampartner über die Notwendigkeit eines Transportes.

Zurück zum Rettungsdienst in Deutschland. Bei uns backen Bäcker Brötchen und bekommen während der Ausbildung Geld dafür. Vom Rettungsassistenten in spe wird erwartet, die Ausbildung größtenteils selbst zu bezahlen, im Rahmen dieser als Vollzeitkraft Krankenwagen zu fahren und dem Arbeitgeber so teure Personalkosten einzusparen. Er muss im Notfall immer wach, ausgeschlafen und präsent sein, und das zu jeder Tages- und Nachtzeit. Von null auf Hundert in 0,0 Sekunden - und das zum Nulltarif. Teurer Idealismus. Herzlich willkommen in unserem Gesundheitssystem.

Doch während einem Bäcker die Brötchen verbrennen, wenn er einen Fehler macht und einmal nicht aufpasst, geht es im Rettungsdienst um knallharte Notfallmedizin. Und um Menschenleben.

Durchgebrannt

Während Dunkelheit die bunten Farben der Stadt erlöschen lässt und sich schattengleich über unser Städtchen schmiegt, betrete ich das in eine Moorlandschaft hineingebaute Wachgebäude, das überwiegend aus Wellblech und Rigipsplatten besteht. Heute Nacht ist Riccardo mit am Start, denn die Grippe hat Lenny gestern erwischt und niedergestreckt. Vor zwei Wochen hatte Riccardo sein Debüt bei uns.

Bei den Kollegen ist Riccardo keine große Nummer. Sie empfinden seine Art als zu weich und seinen Händedruck mädchenhaft. Sein brauner Vollbart verdeckt ein Drittel des Gesichtes. Die seegrauen Augen scheinen auf den ersten Blick normal, aber sie fixieren einen gleich einem Zauberer, dessen Iris am oberen Rand von Weiß umflossen ist.

Ich mag Riccardo. Er ist scharfsinnig, und jemand meinte es sehr gut mit ihm, als es um die Verteilung der Intelligenz ging. Sein Geist wurde mit feinen Antennen und das Sprachvermögen mit distinguierter Eloquenz ausgestattet. Manchmal ist es eine wahre Freude, ihm nur beim Sprechen zuzuhören. Riccardos medizinisches Fachwissen ist brillant. Eher friert die Hölle zu, als dass man mit ihm in eine unbeherrschbare Situation gerät.

Heute schweigt Riccardo. Er sitzt am Küchentisch der Rettungswache, hat ein selbst gemachtes Käsebrot vor sich auf dem Teller liegen und schaut ins Leere. Der Wasserdampf der Kaffeemaschine nebelt in den Wachraum hinein.

»Warum so schwermütig heute?« sehe ich von meiner Zeitung auf. Riccardos Blick löst sich aus der Starre.

»In letzter Zeit geht es mir nicht gut«, ich nehme die Kanne und gieße Kaffee in Riccardos Tasse, »Schlaflosigkeit ist mein Problem«, sagt er.

»Und sonst?«

»Ständig werden Gesetze geändert. Datenschutzrecht gelockert. Der Staat kontrolliert seine Bürger durch geheime Behörden. Ist das etwa an dir vorübergegangen?« Riccardo stützt beide Hände auf den Tisch, seine Muskulatur verkrampft. »Ich glaube, dass sie auch mich schon bespitzeln.« Riccardo ist ursprünglich Informatiker und dem IT-Bereich nach wie vor angeschlossen. Wenn jemand überhaupt so etwas einschätzen könnte, ist es er.

»Kannst du hellsehen?«, frage ich ihn.

»Quatsch. Als ich das letzte Mal nach Hause gekommen bin, war meine Tastatur verschoben. Sachen in der Küche waren verstellt.« Schweiß glitzert auf Riccardos Stirn. »Als ich im Supermarkt bezahlen wollte, hat die Kassiererin meine Karte zwei Mal durchgezogen, anstatt einmal. Wahrscheinlich hat sie die Daten abgegriffen.«

»Ich glaube, deine Karte ist nur reif für den Schredder.«

»Meine Karte war immer tipptop, hörst du? Immer!« Nervosität. »Als ich danach auf dem Heimweg war, hat mich irgend so ein Penner in einem Postauto verfolgt«, nestelt Riccardo an seinem Ärmel.

»Klar …«

»Ich bin extra einen Umweg nach Hause gefahren. Der Typ ist mir hinterher.«

»Fahr dein System mal ein bisschen runter. Du leuchtest ja fast.«

»Der Staat überwacht uns. Und mich auch. Ich habe letztens etwas auf einer Internet-Seite des Bundesnachrichtendienstes nachgesehen.«

»Und?«

»Ein blöder Fehler. Die haben meine IP-Adresse mitgeschnitten, und jetzt belauern sie mich.«

Riccardo macht mir Sorgen. Seine Backen glühen rot und die Stimme gleicht den Niagarafällen. Die Schläfenarterie pulsiert mit hoher Frequenz - viel höher, als sonst. Riccardo zögert. Nur das Klacken der Küchenuhr ist zu hören. Sein Blick gleitet langsam am Fenster entlang, an der Tür zum Gang vorbei. Am Sideboard, auf dem das Telefon steht, stoppt er.

»Wie meinst du das?«, dreht Riccardo seinen Kopf plötzlich zu mir.

»Meine ich was?« Pause.

»Du hast doch eben gesagt, ich soll meine Jacke zurück ins Auto legen.«

»Was für eine Jacke? Ich habe nichts gesagt«, antworte ich, und Riccardo verstummt.

Der Zeiger der Uhr nähert sich dem Tageswechsel. Als mein Handy klingelt, verlasse ich den Raum, um ungestört zu sein. Am anderen Ende der Leitung ist Luisa, eine Freundin. Dass ausgerechnet sie jetzt anruft, ist für mich so etwas wie ein Zeichen, denn Luisa ist Psychologin. Sie verstummt immer mehr, während ich ihr beschreibe, was ich soeben mit Riccardo erlebt habe. Luisa verspricht, in der Fachliteratur nachzuschlagen und mich umgehend zurückzurufen. Gegen viertel nach eins ist das Gespräch beendet. Luisas Andeutung mahnt mich, heute Nacht lieber Augen und Ohren offen zu halten und wachsam zu sein.

Im Ruheraum dauert es nicht lange, und ich gleite in einen traumlosen Schlaf. Im Nachtdienst schlafe ich nie so fest wie zu Hause. Ständig wache ich auf, weil Geräusche im Gebäude zu hören sind, produziert durch die zweite Besatzung. Autos und Lkw donnern auf der naheliegenden Bundesstraße vorbei. Je nach Jahreszeit hört man Frösche und anderes Getier, das Lärm macht. Dann ist da noch das Funkgerät der Rettungswache, über das sich Funkverkehr leise mithören lässt. Nicht nur der Sprechfunk, sondern auch der Selektivruf zur Alarmierung ist zu hören und stört. Der Selektivruf besteht aus einer typischen Abfolge von fünf kurzen Tönen, auf die ein codierter Alarmempfänger durch Piepsen reagiert.

Heute ist mein Schlaf so oberflächlich, dass ich nur allein durch das Senden der Fünfton-Folge meines Alarmempfängers aufwache, bevor der Piepser den Alarm schlägt. In der hundertstel Sekunde kurz vor dem Auslösen öffnet sich der Funkkanal und knistert. Mein Bewusstsein kehrt durch dieses feine weiße Rauschen schlagartig aus dem schwarzen Nichts des Schlafes zurück. Ein Knacken ist zu hören und die kurze Stille danach. Dann zerstört der Piepser die Ruhe des Nachtdienstes und schlägt Alarm. Die Uhr zeigt halb zwei.

Riccardo taumelt erst aus dem Bett, als ich bereits in meiner Jacke stecke und das Zimmer verlasse.

»Was haben wir?« Riccardo öffnet die Tür des Rettungswagens und steigt ein.

»Verkehrsunfall«, ich starte den Motor. »Unklare Situation. Vermutlich eine leicht verletzte Person.«

»Ist ja schön. Dann liegen wir in spätestens einer halben Stunde wieder im Bett.«

Riccardo spricht aus, was ich denke. Und hoffe. Oft kommt es jedoch anders, als man denkt. Rettungsdienst ist kein Wunschkonzert.

Der Motor winselt. In Lichtgeschwindigkeit prügelt das blaue Geblitze unserer Signalanlage gegen Verkehrsschilder und Hauswände. Ab und zu hört man, wie jemand das Funkgerät in irgendeinem anderen Rettungswagen auftastet. Der Unfall ist in Sichtweite, als mein Handy klingelt. »Luisa« steht auf dem Display. Ich hebe ab.

»Sind kurz vor einem Einsatz. Ich ruf' dich zurück.« Klick.

Was die Einsatzmeldung versprach, entpuppt sich als groteske Lüge. Mehrere Fahrzeuge stehen verteilt und zerstört auf der rechten und linken Fahrspur, umgeben vom nächtlichen Nebel. Ein Auto liegt im Graben. Der Baum war stärker. Das Fahrzeug ist so verbeult, dass ich nicht erkennen kann, um welche Marke es sich handeln könnte. Ein Arm baumelt aus dem zersplitterten Seitenfenster heraus, weißer Rauch steigt aus dem Motorraum auf. Kühlerflüssigkeit strömt aus einem geplatzten Schlauch und versickert im Boden.

Auf dem Beifahrersitz eines grünen Mercedes sitzt eine junge Frau, deren Augen nur halb geöffnet sind. Sie war gegen die Leitplanke geprallt und bewegt sich nicht. Die Frau blutet aus ihrem Schädel, der offen und verformt zu sein scheint. Ihr Freund, der den Wagen gefahren hatte, kniet vor der Leitplanke und röchelt. Ein abgerissener Scheibenwischerarm steckt in seinem Brustkorb, sein Arm ist unnatürlich verdreht.

Ein Mensch liegt mitten auf der Straße. Ich meine das, was von diesem Menschen noch übrig ist und an einen mit Stofffetzen umgebenen Klumpen blutiges Fleisch erinnert. Es muss ein Mann sein, denn eine Frau kniet daneben, hält ihn im Arm und wimmert den Namen Thomas.

Ich stehe in der Fahrertür, Riccardo neben mir. Gänsehaut. Die Situation gleicht einem Systemstillstand. Nur der Motor des Rettungswagens und das Knistern defekter Aggregate sind zu hören. System-Reboot, wir werden wahrgenommen. Das Schreien der Leute beginnt.

Denken funktioniert in diesem Zustand nicht, aber ich funktioniere. Mit einem Block Papier samt Stift ausgerüstet suche ich die Unfallstelle nach verletzten oder toten Menschen ab und notiere mir die Anzahl. Die Autos haben auch schon abgebremst auf der Gegenspur, wo Menschen geschützt in ihren Fahrzeugen sitzen und stieren. Es dauert fünf Minuten, bis ich den Kriegsschauplatz durchquert habe.

Seltsam. Anstatt an die vielen Verletzten und Getöteten zu denken, schwebt mir im Moment ausschließlich eine Person vor Augen. Der Disponent der Rettungsleitstelle. Der Penner, der mir das hier eingebrockt hat.

Er ist verantwortlich für das Entsenden der unterschiedlichen Rettungswagen zu Notfalleinsätzen und gehört damit zu den Leuten, die mit ihrem Arsch im Warmen sitzen und uns nur durch einen Druck aufs Alarmknöpfchen arbeiten lassen. Diese hirnlose Aktion bescherte Riccardo und mir ein apokalyptisches Unglück.

Es könnte durchaus sein, dass die Mitarbeiter der Leitstelle aus nächtlicher Langeweile *das* Spiel gespielt haben. Notruf-Bingo. Das geht so: Ein Notruf läuft auf einer der Telefonleitungen auf. Die Zeit wird gestoppt. Wer einen Notruf als Schnellster abarbeitet, hat gewonnen. Meistens geht es um einen Träger Bier oder etwas ähnlich Triviales. Es werden Spitzenzeiten von zwanzig Sekunden oder weniger für einen Anruf erreicht. Die Einsatzmeldungen sind nicht selten so falsch, dass dies ein Eintrag im Guinnessbuch der Rekorde rechtfertigen würde.

Manchmal entstehen auch Kollateralschäden. So wie in diesem Fall. Mit penetrant zuverlässiger Regelmäßigkeit werden wir zum Einsatzort geschickt mit den Worten »Fahren Sie in die Musterstraße fünf bei Mustermann: Verletzte« oder »unklar erkrankte Person.«

Stellen Sie sich mal vor, Sie sitzen in besagter Leitstelle. Ein Notruf trifft ein, Sie heben das Telefon ab. Folgender Dialog spielt sich daraufhin ab:

»Rettungsdienst- und Feuerwehrnotruf, guten Tag.«

»Hallo. Könnten Sie bitte ein Rettungswagen schicken?«

»Was ist denn passiert?«

»Hier ist jemand erkrankt.«

»Erkrankt, verstehe. Geht das noch etwas genauer?«

»Nein, leider nicht. Ich kann nur sagen, dass hier jemand erkrankt ist.«

»Unklar erkrankt also. Aber selbstverständlich. Frau XY, ich schicke Ihnen sofort einen Rettungswagen. Darf es sonst noch etwas sein? Sollen Ihnen die Kollegen noch eine Kleinigkeit aus dem Supermarkt mitbringen? Da kämen sie ohnehin vorbei.«

Und so weiter. Hier bekommt der Begriff »Callcenter« eine völlig neue Dimension. Nur, dass es hier nicht um den Verkauf irgendwelcher Spielzeuge oder Reinigungsutensilien geht. Wenn der Disponent eine einzige Frage mehr stellte, würde er Licht ins Dunkel bringen.

Zurück auf die Straße. Zurück zum Unfall. Meine Rückmeldung an die Zentrale.

»Mindestens sieben Schwerverletzte. Sicher einige Patienten tot. Wir brauchen dringend Unterstützung.«

Ich sprinte zurück zum Rettungswagen und greife mir mein Equipment. Riccardo steht neben der toten jungen Frau im grünen Wagen und sieht hypnotisiert in das Fahrzeuginnere, die Hände in den Hosentaschen, den Blick irgendwohin gerichtet. Eine Lavendelblüte steckt im Haar der Frau. Diese Bilder werden meinen Schlaf noch einige Zeit begleiten und irgendwann langsam verblassen, wie einst der Glanz der Siebziger Jahre.

Gestern. Ja, vermutlich gestern Abend hatte der Freund dem Mädchen diese Blüte in das Haar geflochten, weil es

Lavendel für sein Leben gerne mochte. Die beiden hatten einen schönen Abend voller Harmonie und Liebe und machten sich spät auf den Heimweg. Nur die Guten sterben jung. Für einen Moment rieche ich Lavendelduft.

»Worauf wartest du? Auf Weihnachten?«

»Was?«, blickt Riccardo auf.

»Komm in die Gänge und bring' das EKG mit!« Nicht den Hauch einer Reaktion. »Riccardo? Riccardo!«

Ich bewege mich auf den Mittelpunkt des Unfalls zu, der alles an Kraft um sich herum einzusaugen scheint. Mehrere Patienten benötigen gleichzeitig medizinische und lebenserhaltende Maßnahmen.

»Ich wollte doch nur anhalten, um nach meinem Kühlwasser zu sehen«, sagt ein älterer Mann zwischen Leben und Sterben, eingeklemmt am Steuer eines vernichteten Kleinwagens. Auf einmal hat es geknallt, denn der Mann war auf der rechten Spur der Autobahn stehen geblieben. Fataler Fehler. Ein nachfolgender BMW hatte das mickrig beleuchtete Fahrzeug übersehen und war mit hoher Geschwindigkeit aufgefahren. In der Folge kam es zu diesem Crash mit etlichen Autos. Die Autobahn war zu diesem Zeitpunkt dicht befahren.

Ich versuche mein Bestes. Hektik zwischen Wracks und schreienden Menschen. Halskrause, venöser Zugang. Sauerstoff. Offene Brüche abdecken. Und wieder ein venöser Zugang mitten im Wimmern. Jeder Schritt knirscht auf dem Glas geplatzter Scheiben. Es vergeht eine gefühlte Ewigkeit, bis ich endlich die Martinshörner meiner nachgeforderten Kollegen höre. Von Riccardo keine Spur.

»Wo sollen wir hin?«, kommt mir ein Kollege entgegen. Es riecht nach Öl und Benzin.

»Da hinten rechts im Graben!«

Eine andere Besatzung schicke ich zum ersten Fahrzeug, ein blauer Fiat. »Fahrerseite, Polytrauma«, informiere ich die Kollegen. Das zuerst eingetroffene Rettungsmittel hat zunächst die organisatorische Einsatzleitung, bis ein offizieller Einsatzleiter des Rettungsdienstes die Szenerie betritt. In diesem Fall ich.

Die Leitstelle funkt mich an. »Wagen 12/18, ein Hubschrauber ist für Sie unterwegs zur Einsatzstelle. Mehr gibt's wegen dem Nebel nicht. Tut mir leid.« Immerhin. Einer mehr, als ich gedacht habe.

Nach und nach kehrt Ruhe ein. Der Nebel legt sich etwas, während die Opfer dieses zerstörerischen Verkehrsunfalles abtransportiert werden. Perfekte Zusammenarbeit aller Retter vor Ort. Die toten Körper der Verstorbenen sind mit Laken bedeckt und im Seitenstreifen des Fahrbahnbereiches abgelegt worden. Einzelne Sterne funkeln so hell, als ob sie uns Licht machen wollten.

Eine weitere Stunde später ist der Einsatz beendet. Ich stehe mit dem Einsatzleiter am Rettungswagen. Er zündet sich eine Zigarette an. »Wo ist Lenny?« Er ascht auf den Boden und sieht mich an. Das ist eine berechtigte Frage. Wo sich Lenny befindet, weiß ich. Ein Schauer läuft mir über den Rücken, ein Kloß setzt sich in meinem Hals fest. »Lenny liegt mit Kotzerei und Fieber im Bett, Riccardo vertritt ihn«, sage ich, »Riccardo? Riccardo!« Keine Antwort. Verdammt. Er muss doch irgendwo sein. Ein paar Kollegen hatten Riccardos Abwesenheit mitbekommen und machen sich mit uns auf die Suche. Gedanken blitzen in mir auf. Hässliche Gedanken, denn mir fällt unser Dialog vom Vorabend ein. Riccardo war anders als sonst.

»Wir haben euren Retter gefunden«, kommt ein Kollege der Feuerwehr direkt auf mich zu.

Riccardo ist weit abseits von der Unfallstelle. Er kniet in einem angrenzenden Lavendelfeld, die linke Hand voller Sträucher. Im Schneckentempo rupft er zelebrierend eine Blüte nach der anderen aus und fügt sie dem Sträußchen hinzu, das prachtvoll angewachsen ist. Eine Blütenähre steckt in seinen Haaren, eingeklemmt hinter dem Ohr.

»Eine für dich ... und eine für mich ... eine für dich ... und eine für ...« sagt eine hohe Stimme, die höher war als sonst. »Nein! Das kann ich ... nicht ... tun!« Riccardos Iris ist vollständig sichtbar. »Warum? Ich weiß den Weg nicht.«

»Riccardo? Was ist los?«

»Wieso willst du das wissen? Weil ich nicht bin?« Müdes Lächeln verformt seine Lippen, während nebenan Leichensäcke zugeschnürt werden. Das Lächeln eines Wahnsinnigen. Riccardo sinkt auf die Knie, die Blüten rutschen ihm aus der Hand. Er starrt ins Gras, der Oberkörper wippt hin und her. Dissoziation. Ende der psychischen Teerstrecke.

Im Rettungswagen ist es still. Nur das gelegentliche Klacken der Funkgeräte schnalzt aus dem Lautsprecher. Wind zieht durch einen Spalt im Seitenfenster und spült den Geruch der Nacht in den Innenraum. Den Rettungswagen habe ich in der Leitstelle abgemeldet - ohne Riccardo keine Einsätze. Ich nehme mein Handy aus der Tasche und tippe die Wahlwiederholung - Freizeichen. Luisa.

»Hallo?«

»Hallo Luisa. Der Einsatz ist jetzt erst zu Ende. Ich hoffe, du hast noch nicht geschlafen. Du wolltest mir vorhin etwas Wichtiges über Riccardo sagen«, resigniere ich in das Telefon.

»Er könnte schizophren sein und steuert auf eine akute Psychose zu. Alle Symptome passen wie angegossen, ich hab's noch einmal nachgeschlagen. Auch das, was du mir über Riccardos Kindheit erzählt hast, ist total stimmig.«

»Schizophren?« Pause und tiefes Einatmen. »Ich weiß. Riccardo ist vorhin im Einsatz durchgeknallt und zum Lavendelpflücken gegangen. Es war ein höllischer Verkehrsunfall, und wir haben es alle nicht bemerkt. *Ich* habe es nicht bemerkt. Es war so viel los. Die Hintergrundbesatzung fährt ihn in diesem Moment ins Bezirkskrankenhaus.«

»Tut mir leid.«

»Ja, mir auch. Er war smart, fachlich wie menschlich.«

»Wieso hat das niemand bei seiner Einstellung gemerkt?«, fragt Luisa. »Solche Menschen sind immer auffällig.«

Ich habe mir immer schon gedacht, dass Riccardo sonderbar ist. Aber ich konnte nie sagen, warum. Ich dachte auch an Luisas Verdachtsdiagnose. Aber Schizophrenie passt einfach nicht zum Kreis der Retter, sondern nur zu dem unserer

Patienten. Und deswegen habe ich so etwas ausgeschlossen. Ich lege auf.

Eine kürzlich stattgefundene Herabstufung unseres Gehaltes schuf einen Makel: das Leben eines Rettungsassistenten an der existenziellen Grenze. Ein Nebenjob? Kaum möglich, wenn jemand fünfundvierzig Stunden pro Woche arbeiten muss. Die Leute suchen sich also Jobs, bei denen sie Geld verdienen können. In diesen Zeiten ist der Arbeitgeber im Rettungsdienst gezwungen, fast jeden Bewerber einzustellen. Auch Leute wie Riccardo.

Wenn das Vorstellungsgespräch qualifiziert begleitet oder durch einen Psychologen durchgeführt würde, hätte man die Misere um Riccardo erkannt. Potenzielle Mitarbeiter im Rettungsdienst müssen nicht nur körperlich geeignet sein. Sie müssen psychisch vollkommen leistungsfähig sein. Nur, wenn die Birne funktioniert, kann man so einen Job machen. Man könnte gleich mehrere Fliegen mit einer Klappe schlagen. Weder Profilneurotiker noch Menschen ohne Führerschein oder Rettungsassistenten-Urkunde würden einen Job im Rettungsdienst bekommen. Und schizophrene Rettungsassistenten auch nicht. Zu teuer? Nicht doch. Psychologen möchten auch Geld verdienen. Und diese Investitionen könnten sich lohnen.

Ich rieche das Benzin, Öl und verbranntes Plastik mittlerweile nicht mehr so stark. Dafür habe ich jetzt einen aromatischen Geruch in der Nase, der mich für immer an Lavendel erinnern wird.

Eine von vielen

Es war vor vier Wochen, als der Rettungswagen um die Ecke driftete und mit einem Ruck direkt vor der Einsatzstelle zum Stehen kam. Rettungsassistentin Sonja und ich waren das erste von etlichen alarmierten Rettungsteams. Kindergekreische drang aus den oberen Stockwerken entlang geborstener Fenster und fiel direkt vor unsere Füße. Die Rauchsäule über dem Mehrparteienhaus konnte man noch einige Ortschaften weiter wahrnehmen. Von der Feuerwehr weit und breit keine Spur. Nur das Jammern der örtlichen Sirene war zu hören.

»Ich gehe jetzt da rein! In dem Haus sind noch Kinder«, schrie mir Sonja zu und griff sich die Lampe.

»Nein. Zu gefährlich. Lass uns warten, bis die Feuerwehr da ist. Die haben Atemschutzausrüstung«, rief ich ihr hinterher.

»Dann sind die Kinder am Arsch!« Sonja betrat den Hauseingang und verschwand in der Dunkelheit. Nur der helle Kegel ihrer Taschenlampe war durch das vermilchte Glas des Treppenhauses sichtbar. Ich harrte der Dinge und hoffte auf ein baldiges Eintreffen der Feuerwehr. Katastrophentouristen hatten sich überall aufgestellt, die Fotoapparate im Anschlag. Dem Tod dicht auf den Fersen knipsten und filmten sie, was ihre Kameras hergaben.

Die Haustür flog auf und knallte gegen den Stopper. Sonja sprintete aus dem Hauseingang heraus und hatte zwei kleine Kinder in ihren Armen. Mittlerweile waren zwei weitere Rettungswagen eingetroffen und schlossen hinter uns auf. Sie kümmerten sich um die geretteten Patienten.

»Und was zum Teufel machst du jetzt?«, rief ich in Sonjas Richtung.

»Ich gehe noch mal rein. Wenn da zwei Kinder waren, müssen auch Eltern da sein.« Ich hatte keine Gelegenheit mehr, Sonja zurückzuhalten. Sie pisste auf den obersten Grundsatz im Rettungsdienst und missachtete die Vorschrift »Eigensicherung«. Die erste Priorität ist der Schutz des eigenen Lebens - die Gesundheit des Retters. Die spinnt total, dachte ich.

Zwei Minuten später. Das erste Löschfahrzeug. Sonja befand sich noch immer in dem brennenden Haus, das an den roten Backsteinmauern stark beschädigt war. »Da scheinen noch Menschen drin zu sein«, trat ich auf den Kommandanten zu. Inzwischen war der Qualm dichter geworden. Vor dem Gebäude biss sich der Rauch durch Hals und Lunge. Umstehende Gaffer und Betroffene mussten husten. Einer übergab sich. Sein Hausrat hatte sich bereits in Flammen aufgelöst. Ich hatte Angst um Sonja, denn erste Teile des Daches stürzten zu Boden. Der Kommandant trat nach erster Lageerkundung aus dem Haus und forderte seine Leute zum Rückzug auf. Das Gebäude sollte kontrolliert abbrennen.

»Spinnst du? Meine Kollegin ist noch da drin!«

»Was? Die ist wahnsinnig! Hält sich für unsterblich, oder? Wir können da nicht mehr rein. Es ist zu gefährlich. Siehst du die Flammen da oben?«

»Wenn nicht ihr, wer denn sonst? Oder willst du sie da drinnen verrecken lassen?«

Der Kommandant schluckte. Blickte mich an, dann das Feuer. Dann wieder mich. Schweiß glitzerte durch die schwarzen Kohlereste in seinem harschen Gesicht und vermischte alles zu einem schmierigen Brei. Fontänen an Wasser fluteten einzelne Zimmer und den Dachbereich des Hauses. Es knirschte.

Ich stürzte am Kommandanten vorbei und lief ohne jede Sicht in den verqualmten Hauseingang hinein. Lange musste ich nicht suchen. Am ersten Treppenabsatz stolperte ich über einen Körper. Sonja lag bewusstlos auf dem Boden.

»Sonja, verdammt! Sag' was!« Keine Antwort. Ich packte sie, schulterte sie wie einen Sack Mehl und verließ das Haus. Wie auf Knopfdruck legte sich der Gebäudekomplex gleich einer Sprengung in Schutt und Asche. Vor unserem Rettungswagen stürzte ich und begrub Sonja unter mir. Mittlerweile war sie wieder zu sich gekommen, wand sich unter mir heraus und sah mich mit einem schwachen Grinsen an.

»Na, na, Christian! Was sollen denn unsere Leute von uns beiden denken? Es ist ziemlich schwierig, eine gute Ausrede für eine derart eindeutige Stellung zu finden.«

»Du kannst froh sein, dass du noch lebst. Wenn es nach dem Kommandanten gegangen wäre, hättest du das zweifelhafte Vergnügen gehabt, den Einsturz aus der allernächsten Nähe zu beobachten.« Ich sah wütend in das Gesicht des obersten Feuerwehrmannes.

»Was hätte ich machen sollen? Ich gefährde doch niemanden meiner Truppe, nur weil einer von euch Idioten Supermann spielen muss!«

»Vielen Dank, Löschi«, giftete Sonja und wandte sich ab. Löschknechte waren seitdem bei ihr unten durch.

Es gab nur zwei Überlebende. Die Kinder wurden mit einer Rauchgasvergiftung ins Krankenhaus gebracht. Zusammen mit vier weiteren Menschen starben die Eltern in der Flammenhölle.

»Christian?« Die Tür zum EDV-Büro der Rettungswache geht auf, und Lennys Kopf ist zu sehen. Ich schrecke auf. Vor mir leuchtet der Monitor mit einem Einsatz von vorgestern, der noch immer zu bearbeiten ist. Ein Verkehrsunfall.

»Willst du weiter machen? Es ist schon halb zwei vorbei.«

»Ja. Geh' doch einfach schon mal nach oben. Ich muss diesen Einsatz noch in den Computer eingeben.«

»Alles klar. Wir sollten ausnutzen, dass wir heute ein wenig Ruhe haben.«

»Gute Nacht, Lenny. Und angenehme Träume.«

Ich blicke auf den Monitor, lese Sonjas Namen und fühle mich mies. In der heutigen Tageszeitung konnte man den Weg lesen, den sie gegangen war. Rettungsassistentin Sonja Elisabeth Levanda, Akademie für Notfallmedizin, summa cum laude. Inhaberin aller Zertifikate der Rettungsmedizin und eine Ausbildung zum Europäischen Paramedic. Zudem leidenschaftliche Sportlerin. Klettern, Kampfsport und eine schnelle Rennmaschine. Einer der besten Retter, die ich je kennengelernt habe. Auf Sonja konnte man sich immer verlassen. Egal, wie aussichtslos die Lage war.

Vorgestern war der Tag, an dem sie starb. Verkehrsunfall mit einem Lkw, der sie und ihre Maschine unter sich begrub, ohne ihr den Hauch einer Chance zu lassen. Nicht Lenny und ich, sondern ein anderes Team wurde zu diesem Einsatz geschickt. Die Kollegen stehen unter Schock.

Sonja war schon immer eine besondere Art von Junkie. Schnelle Einsätze, harte Kicks und ein giftgrünes, pfeilschnelles Motorrad. Als sie nicht mehr genug bekommen konnte, tat sie das, was die meisten Rennsportler irgendwann einmal tun. Sie half ihrem Nervenkitzel durch exzessive Überschreitung der Höchstgeschwindigkeit auf die Sprünge.

Obwohl Sonja im Leben etwas ganz Besonderes war, trennt sie im Tod nichts mehr von den anderen Opfern der Straße. Sie ist nur eine von vielen.

Bahnhofsklo

Es ist ja nun hinlänglich bekannt: Drogen verblöden. Und je mehr man davon nimmt, desto blöder wird man.

Als ich an diesem Morgen in die Rettungswache komme, steht mein Kollege Hans-Jürgen völlig planlos neben seinem Auto und versucht, die Fahrertür abzuschließen. Immer und immer wieder zielt er auf das Schloss und bemüht sich um Erfolg. Aber vergeblich. Mittlerweile hatte Hans-Jürgen einige Schrammen in seinen Autolack des hellblauen Vans graviert. Ich trete an ihn heran - für ihn scheinbar lautlos.

»Guten Morgen, Hans.« Hans-Jürgen erschrickt, als ob ein Blitz direkt neben ihn in den Boden eingeschlagen hat, und reißt seinen Kopf herum. »Fit für unsere Schicht?« Lenny hat heute Urlaub. Deswegen bleibt mir nur ein Ersatz.

»Mein Gott, hast du mich erschreckt«, blinzelt er mich mit rot unterlaufenen Augen an.

»Hans ... was hast du denn angestellt? Was ist mit deinen Augen passiert?«

»Augen? Ach, nichts. Ich habe nur 'ne Allergie auf Hausstaub. Und außerdem fühle ich mich wie aus einer Waschmaschine gezogen. Schleuderprogramm, wenn du verstehst.«

»Sag' mal, du verarscht mich, oder? Und so bekifft willst du mich jetzt durch die Gegend fahren?«

»Hey Mann, jetzt komm' runter! Das war nur ein Morgen-Joint. Zum Aufwachen.«

Großer Bahnhof. Hat ja wunderbar funktioniert. Also ist ein Joint schuld daran, dass Hans-Jürgen zum Abschließen seines Vans nicht einfach die Fernbedienung verwendet.

Hans-Jürgen hat übrigens ein ernst zu nehmendes Drogenproblem. Irgendwann hat er es mir im Zuge einer seiner geistigen Umnachtungen erzählt. Er konnte noch nie mit Geheimnissen haushalten und kann es auch heute noch nicht. Wenn dieses Geheimnis ihn selbst betrifft und er sich damit profilieren kann, ist es besonders übel. Ich führe Hans-Jürgens Verbreitungszwang immer auf seine geringe Größe und die untersetzte Figur zurück. Wenn man möchte, dass sich gewisse Sachen möglichst zackig verbreiten, erzählt man es am besten Hans-Jürgen. Mit kumpelhafter Zuwendung kann ich erreichen, dass ich noch nicht mal über die Schwelle des Ausgangs treten muss, bis eine Information am Ziel ankommt. »Erzähle es bitte niemandem weiter. Besonders nicht dem XY«, sagte ich einst zu ihm. Ich war noch nicht ganz zu Hause, als mein Telefon schellte und besagte Information bei XY angekommen war.

Er ist ein routinierter Junkie und hatte selbst bis vor Kurzem noch eine Plantage zur Deckung des Eigenbedarfs in seinem heimischen Keller. Die steigenden Strompreise und der Energiefresser »UV-Lampe« zwangen ihn schließlich zur Aufgabe seines Schlaraffenlandes. Hans-Jürgen raucht zum Frühstück am liebsten einen Joint der Marke Eigenzucht. Andere Menschen trinken stattdessen Kaffee. So wie ich.

Am späten Nachmittag alarmiert uns die Rettungsleitstelle und schickt uns zum Bahnhofsvorplatz. Unklarer Kreislaufkollaps. Das Klacken der Zentralverriegelung unseres Rettungswagens hallt über den ganzen Platz, während wir das

Eingangsportal eines amerikanischen Bahnhofsrestaurants erreichen.

»Nein, nicht dort. Hier unten ist es«, ruft uns der Anrufer zu. Wir folgen ihm zu einer Treppe direkt am Eingang einer Parkgarage.

Eine schmale Treppe aus Beton führt uns in den Vorraum der Garage, in dem sich der gelbe Kassenautomat befindet. Die hohen Stahlbetonwände sind mit rotblauem Graffiti beschmiert, das man kaum entziffern kann. Es riecht nach abgestandenen Autoabgasen. Während die rot-metallene Tür zur Damentoilette geschlossen ist, steht die Herrentoilette weit offen. Nur zwei Beine sind zu sehen.

»Ich glaube, der hat zu viel H erwischt.«

Junkie-Slang. H bedeutet Heroin. Und der Anrufer ist sein Kumpel, mit dem er sich vorhin einen Schuss gegönnt hatte. An seinen Hosenbeinen ziehen wir ihn aus der engen Toilette, in der gerade mal einer Platz hat. Das Gesicht des Junkies ist schon blau angelaufen. Atemstillstand - Überdosis. Das »Aus« dieser kleinen Privatparty.

Unsere Handgriffe sitzen. Beatmungsbeutel, Sauerstoff, die Beatmungsmaske über die Nasenwurzel abrollend auf das Junkie-Gesicht gedrückt. Ein Gerät zeigt einen niedrigen Sauerstoff-Gehalt im Blut an, Piepsen macht eine Pulswelle für unsere Ohren hörbar. Der Junkie lebt.

Hans-Jürgen versucht sich am venösen Zugang. Dies ist schwierig, da das Venensystem von Heroin-Junkies meist völlig zerstört ist. Klar - wenn man sich jeden Tag mehrfach Dope spritzt, vernarben Venen mit der Zeit, und selbst der beste Rettungsassistent scheitert am einfachsten venösen

Zugang. Heute aber nicht. Es klappt an einer Vene am Fußrücken.

Der Blick des Junkie-Kumpels weicht nicht von Hans-Jürgen, während wir das Naloxon spritzen. Naloxon ist das Gegenmittel zum Heroin und hat schon so manchen Trip versaut. Die meisten Heroinsüchtigen reagieren wütend, wenn man ihnen den teuren Schuss verdorben hat. Manche werden handgreiflich. Aber dieser Zustand dauert nicht lange an. Naloxon hat eine wesentlich geringere Gesamtwirkdauer als Heroin. Der Kumpel freudig zu Hans-Jürgen: »Hotte?« Als ob sich die beiden kennen würden.

»Äh ... meinen Sie mich?«

»Mensch, Hotte ... was machst du denn hier? Wir haben uns ja schon ewig nicht mehr gesehen.«

»Mache ich *was* hier? Wer sind Sie? Ich kenne Sie nicht.« Zögern.

»Weißt du nicht mehr? Wir haben uns damals auf der Party von Lolle kennengelernt. Du hast mir das geile Zeug besorgt, auf das ich später so abgeflogen bin.«

»Ich weiß nicht, wovon Sie reden«, sagt Hans-Jürgen und blickt mit rotem Gesicht auf den EKG-Monitor, »überhaupt nicht.« Ich habe den Eindruck, die beiden sind sich offensichtlich genau so unbekannt wie Fix und Foxi.

Mittlerweile ist auch die Polizei eingetroffen. Zwei Beamte nehmen den Junkie-Kumpel zu einem ausführlichen Interview mit in ihren Streifenwagen, zwei weitere Polizisten durchsuchen den anderen Junkie nach Drogen und Waffen. Sie werden auch ihn später mitnehmen, aber kurze Zeit darauf wieder freilassen. So ist das Gesetz.

Der Junkie wird es überleben. So wie die letzten vier Male auch, als wir buchstäblich in letzter Sekunde hereingekommen waren. Ich kenne ihn. Er ist seit langem Stammkunde des Rettungsdienstes und lungert mit seinen Kumpels hier am Bahnhof herum. Entweder betrunken, zugedröhnt oder beides. Wenn die Sucht eines Drogenjunkies einmal so weit fortgeschritten ist, gibt es kein Zurück mehr. Der Drogenkonsument hat sich mit einem gegen sich selbst gefällten Todesurteil gerichtet, ohne einen fixen Termin mit dem Henker abgemacht zu haben.

In diesem Zusammenhang fällt mir ein Einsatz ein, der sich vor Kurzem ereignet hat. Ein Mann hatte einen akuten Herzinfarkt. Druckschmerzen hinter dem Brustbein, kalter Schweißausbruch, Kollaps, kein messbarer Blutdruck mehr. Kardiogener Schock[3] - akute Lebensgefahr. Lenny und ich befanden uns mit unserem Rettungswagen in unmittelbarer Nähe. Schneller hätten wir nicht vor Ort sein können. Der Mann, der zu diesem Zeitpunkt gerade einmal fünfzig Jahre alt war, hat aber trotzdem keine Chance. Etwa dreißig Mal pro Tag müssen Ärzte der Intensivstation seine Herzrhythmusstörungen defibrillieren. Der Mann wird sterben, und es ist ihm bewusst. Das Herz ist im Eimer. Ende der Fahnenstange.

---

3 Kreislaufkollaps durch akutes Pumpversagen des Herzens

Das Herz des Drogenjunkies ist es nicht. Am Drogenjunkie ist gar nichts hinüber, außer seinem Hirn. Er kann weiter leben. Der fünfzigjährige Familienvater darf es nicht, obwohl er möchte. Die Welt ist ungerecht.

Manchmal wünsche ich mir, Schicksale nur durch einen einzigen Blick oder einen Gedanken vertauschen zu können. Der fünfzigjährige Mann würde jetzt bei seiner Frau und seinen Kindern sein. Und der schmierige Drecks-Junkie wäre längst in der Gosse verrottet und würde den Kanalratten als Fraß dienen. So wie er es sich ausgesucht hat.

Gehirnablage

»Was für eine beschissene Nacht.« Lenny sitzt neben mir und schielt. Seine Augen sind zu dünnen Schlitzen zusammengekniffen.

»Was ist los?«, fragt mich Rettungssanitäterin Petra, während ich am Küchentisch sitze und ins Leere starre. Petra hat die zwölf Stunden Dienst noch vor sich.

»Die Leitstelle hat sich heute Nacht in besonderem Maße als Zentrum maximaler Inkompetenz bewiesen. *ZMI.* So einfach ist das«, blicke ich sie an. »Und jetzt muss ich ins Bett, schlafen.«

»Komm' schon. Ich glühe vor Neugier«, sagt Petra, geht zur Kaffeemaschine und serviert mir kurze Zeit später einen röstfrischen Kaffee, Marke »Plötzlicher Herztod«. Ich kann nicht widerstehen. Als Kaffee-Junkie kann ich Kaffee nie widerstehen.

Heute gab es die vergoldete Überstunden-Arschkarte. Serviert in Dummheitssoße, garniert mit einer Familienpackung »Unvermögen«. Teuer war es auch - das Mahl hat eine Menge meiner und Lennys Nerven gekostet. Heute Nacht war die Leitstelle wieder einmal ahnungslos. Wie so oft. Es kommt jedes Mal eine neue Schote, wenn ich sage »schlimmer geht's nimmer.«

»Heute Morgen, zwei Uhr und zehn Minuten. Einer ruft in der Leitstelle an und möchte einen Arzt vermittelt bekommen. Wen schickt die Leitstelle dort hin?«, fange ich an zu erzählen.

»Euch?«

»Hundert Punkte. Weißt du, was dem Patienten fehlte?«

»Nichts. Der Gute hatte nur Husten«, schaltet Lenny sich dazwischen.

Als wir eingetroffen waren, sagte der Patient zu uns: »Und was wollen Sie jetzt hier?« Geantwortet hatte ich: »Gute Frage, würde ich auch gerne wissen.« Während wir bei dem Patienten mit seinem Husten stehen, hat ein wirklich kranker Mensch zwei Blöcke weiter einen akuten Herzinfarkt. Da unser Hintergrund-Rettungswagen auch unterwegs war, dauerte es eine halbe Ewigkeit, bis überhaupt irgendwer da war. Zeit, die der Herzpatient nicht hatte.

»Und?«, fragt Petra.

»Zu spät. Kurz nach Eintreffen der Kollegen fasste der Mann Harfe und Flügel. Er hätte seine Chance gehabt.«

Wir hätten den Herzpatienten vor seinem Tod bewahren können. Aber wir mussten vor Ort den Job der Leitstelle übernehmen und den Hustenden an den ärztlichen Bereitschaftsdienst vermitteln. Bei der Notrufabfrage hätte der Disponent durch zwei weitere Fragen erkennen können, dass der Anrufer weder einen Rettungswagen noch einen Notarzt benötigt.

Jede Besatzung hat ein dienstliches Handy dabei, über das man am Einsatzort Kontakt zu uns aufnehmen kann. Die Leitstelle hängt sich sonst wegen Dreck unter dem Fingernagel an die Strippe. Manchmal verlangen sie schon fünfzehn Minuten vor Dienstbeginn nach uns, wenn es um das Bedienen eines dringenden Krankentransportes geht.

In diesem Fall ruft uns aber keiner an. Das Telefon bleibt stumm. Niemand denkt. Kein Disponent bittet uns, zwei Blöcke weiter einen Sterbenden zu retten, obwohl wir unseren aktuellen Einsatz jederzeit hätten verlassen können.

Man könnte jetzt behaupten, der Mensch in der Leitstelle wusste mangels Ortskunde gar nicht, dass sich der zweite Einsatz zwei Blöcke weiter befindet. Ein Disponent sitzt aber vor riesengroßen TFT-Monitoren, von denen Sie zu Hause nur träumen können. Auf einem dieser technischen Wunderwerke befindet sich das Grafische Informations-System. Sobald ein Einsatz mit Adresse erfasst wurde, wird die Position des Einsatzziels auf dem Monitor visualisiert. Das Ganze geschieht so detailliert, als wenn Sie einen Stadtplan in Vergrößerungsansicht vor sich liegen hätten.

Und jemand ohne Alzheimer kann sich verdammt noch mal daran erinnern, wenn innerhalb von zehn Minuten zwei Einsätze im selben Ort und in der gleichen Straße aufgenommen werden.

Ein Einzelfall? Nein. Um die Jahrtausendwende gab es in einer großen deutschen Leitstelle einen informationstechnischen Super-GAU[4]. Weil sich die Menschen blind auf ihre Computer verließen, kam es zum sukzessiven Ausfall aller relevanten Systeme.

---

4 c't Magazin 13/2000, S. 216: „Anatomie eines Computer-GAUs“

Als dann noch einige Fehler beim Neustart des Systems gemacht wurden, war es aus. Das System kollabierte mit fatalen Folgen. Die Leitstelle war über Stunden blind und nicht mehr in der Lage, irgendwelche Fahrzeuge zu disponieren. Menschen starben. Chaos brach überall in der Stadt aus. Später rollten Köpfe, aber das nutzte den Opfern nichts mehr. Die Rückfallebenen funktionierten auch nicht – das Einsatzleitsystem beherrschte den Menschen.

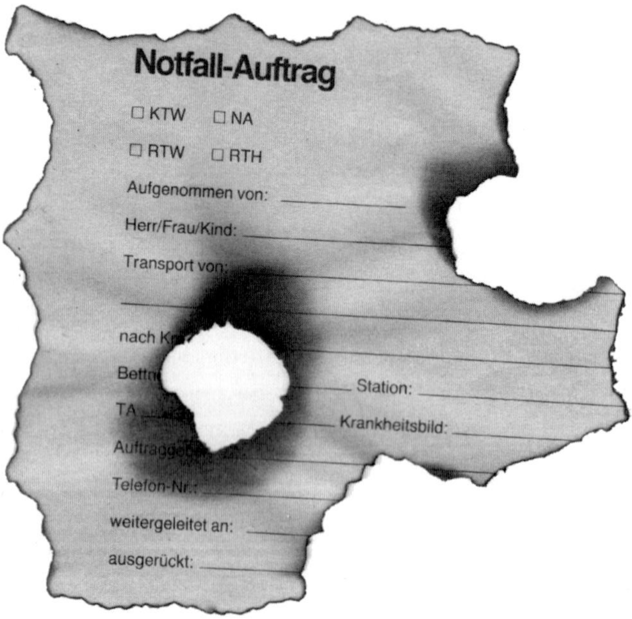
Notfall-Auftrag
☐ KTW ☐ NA
☐ RTW ☐ RTH
Aufgenommen von:
Herr/Frau/Kind:
Transport von:
Station:
Krankheitsbild:
Telefon-Nr.:
weitergeleitet an:
ausgerückt:

Als die Welt noch in Ordnung war: das eigentlich rosafarbene Formular zur Entgegennahme von Notrufen vor dem Einzug des Computer-Zeitalters in die Leitstelle. Seit der Umstellung auf PC-Systeme ist das Image der Integrierten Leitstelle unter Rettungsdienstmitarbeitern stark beschädigt.

Eine professionalisierte Leitstelle soll mir und meinen Kollegen draußen den Rücken freihalten und mich mit allen notwendigen Informationen versorgen. Stattdessen hat man scheinbar eine Abgabepflicht erlassen. Oder vielmehr eine Ablagepflicht. Man könnte annehmen, den Leitstellendisponenten wurde eine Dienstanweisung vorgesetzt: nämlich das Hirn beim Betreten der Arbeitsstelle in eine Ablage direkt am Eingang zu legen. Wenn einer der Mitarbeiter dies aus Unachtsamkeit vergisst, resultiert eine Abmahnung. Denken erscheint dort skurril und verboten und wird ebenfalls mit einer Abmahnung bestraft. Eine ehemals hochkompetente Einrichtung wurde durch Verkomplizierung zum Callcenter degradiert.

Manchmal kommen sich Retter in ihrem Rettungswagen vor, wie eine fahrende Informationsbude vom Format eines Hähnchenverkaufsstandes. Zack - am Einsatz, und schon klären wir den Patienten auf. Und sagen ihm, an welcher Stelle er kompetente Hilfe bekommen hätte. Eine der Kernaufgaben einer Leitstelle für Rettungsdienst und Feuerwehr.

In spätestens neun Stunden werde ich ausgeschlafen sein. Dann werde ich erneut beginnen, meinen Job mit vollem Enthusiasmus zu tun: Retter sein. Und ich werde abermals auf die Schnauze fallen, weil ich nur eine Telefonvermittlung vor Ort sein und den Job der Leitstelle machen werde. Aber meine Kollegen und ich lassen uns nicht unterkriegen. Ab und zu hat unser Wirken guten Erfolg und wir können unseren eigentlichen Job machen - Menschen helfen.

Ein Schritt zu weit

Christoph war schon immer der typische Verlierer und ist es auch heute noch. In der Grundschule hänselten sie ihn wegen seiner abstehenden Ohren und seiner Figur, die ihn von der Seite so aussehen lässt, als wäre er ein Fragezeichen. Ein Opfer, wie man im jugendlichen Slang sagen würde. In der Hauptschule gipfelte seine Pubertät darin, dass ihn zwei seiner damaligen Mitschüler verprügelten und ihn mit seiner eigenen Unterhose über dem Kopf vorne über ins Mädchenklo eintauchten. Mehrere Klassenstufen sahen bei dieser hollywoodreifen Inszenierung zu und brachen in vernichtendes Gelächter aus. Der letzte Klassenkamerad, mit dem sich Christoph gut verstand, kehrte ihm daraufhin auch den Rücken.

Die letzte Frau hat Christoph drei Jahre lang ausgenommen wie eine Weihnachtsgans und ihm dazu noch ein Kind angehängt. Vor zwei Tagen hat sie ihn fallen lassen wie eine heiße Kartoffel. Es ist vorbei, sagte sie. Die Tsunami-Welle trifft auf dem Festland auf. Sie nahm ihre bereits gepackte Tasche und verließ die gemeinsame Wohnung, ohne sich noch einmal umzudrehen. Keines Blickes würdigte sie ihn, als sie in ihr Auto stieg und davon fuhr. Alles nahm dieses Luder mit, bis auf die schwarze Rose aus Plastik. Ein Geschenk zum ersten Jahrestag.

Ab diesem Moment soff Christoph wie ein Loch. Gestern fuhr er im Rausch mit seinem vier Wochen alten BMW gegen ein Bushäuschen. Die Polizei stellte Christophs Führerschein sicher und kündigte ihm einen Strafprozess an. Er wusste, dass er mit zwei Promille keine Chance vor Gericht haben würde. Der perfekte sechsundvierzigste Geburtstag.

Und heute muss Christoph erklären, dass er als Außendienst-Mitarbeiter keinen Führerschein mehr besitzt. Der Chef einer Firma für Elektronikartikel bittet ihn in das Büro. »Mensch, Christoph - wie konnte das denn passieren?«, sagt er und schüttelt den Kopf. Die richtigen Worte hatte er gleich gefunden. »Ich würde sagen, Sie unterschreiben den Auflösungsvertrag. Das ist das Unkomplizierteste für uns alle«, leiert er, »und wenn Sie Ihren Führerschein wieder haben, rufen Sie mich doch einfach an.« Gesenkten Hauptes verlässt Christoph seine ehemalige Firma und wusste, er würde niemals wieder über diese Schwelle treten. Auf der Heimfahrt laufen alle Schicksalsschläge vor seinem geistigen Auge ab. Wie ein roter Faden ziehen sie sich mit penetranter Hingebung durch sein Leben.

Christophs Schmerzgrenze ist überschritten.

»Mach' dir keine Sorgen, Mama«, spricht er ins Telefon, »ich muss nur etwas erledigen. Bin bis heute Abend zurück.« Er legt auf, duscht und geht zum Kleiderschrank. Sein schönster Anzug muss es zu diesem Anlass sein. Dann steigt er in den Linienbus, der sich in Bewegung setzt und vor dem Wedge-Gebäude stoppt. Das Wedge-Gebäude wurde nach seinem Architekten benannt und ist das höchste Bürogebäude dieses Ortes. Die milchgläserne Eingangstür prallt mit dem Türgriff gegen den abgewetzten Stopper dahinter, während Christoph das Gebäude betritt. Im Aufzug drückt er die Taste mit der Ziffer sechsundzwanzig. Ganz oben. Über die große rote Stahltür gelangt er zum Dach. Er tritt ein, die Tür fällt dumpf hinter ihm ins Schloss.

Nur die Geräusche der Stadt sind hier oben noch zu hören. Und der Wind, der klagend um Ecken greint, zwischen den Ritzen hindurch. So, als ob er etwas sagen möchte. Als ob er warnen möchte. Warnen vor etwas, das sich niemals zurücknehmen lässt. Schritt für Schritt nähert sich Christoph seinem Ziel. Er atmet tief durch und blickt über die ganze Stadt - er ist frei. Und ignoriert den Wind.

Ich hatte mir den Wecker eigentlich auf fünf Uhr gestellt und schrecke hoch. Nach viermaligem Drücken der Snooze-Taste ist es jetzt fünf Uhr achtundzwanzig. Verdammt. Kein Kaffee. Nur raus, Katzenwäsche und ab ins Auto. Jetzt einfach im kuschligen Bett liegen bleiben, die Decke über den Kopf ziehen und weiter pennen. Vorher der schnelle Griff zum Telefon: »Ich melde mich krank mit Durchfall und Bauchweh.« Eine beliebte Ausrede, von der besonders spezielle Kollegen immer wieder und gerne Gebrauch machen. Ich bin nicht so, denn irgendjemand muss es immer ausbaden. Leider.

Bis zur Mittagszeit haben Lenny und ich fünf Einsätze abgearbeitet. Unter anderem eine Fingerverletzung in einer Turnhalle, einmal Grippe mit Fieber und ein Kollaps nach ehelichem Streit. Die übrigen Einsätze waren so banal, dass ich sie gar nicht erst erwähnen möchte. »Alles unwahrscheinlich dringende Indikationen für einen Rettungswagen«, spotte ich sarkastisch, »lass' uns Essen holen.« Die Wahl fällt diesmal auf den Chinesen. Kurz bevor wir unser Ziel erreichen, funkt uns die Leitstelle an.

»Wagen 12/18?« Wir antworten einfach nicht. Ich bin mir mit Lenny einig, zunächst zu essen und unseren zweiten Rettungswagen arbeiten zu lassen. Die hatten schließlich bis jetzt erst einen einzigen Einsatz. Wenn wir uns einfach nicht melden, würde der Disponent der Leitstelle sicher zuerst die Kollegen schicken. Pustekuchen.

»12/18?« Pause. »Ach kommt schon, Jungs. Ich hab' Arbeit für euch.«

Wir scheinen nun einmal die Nächsten am Einsatzort zu sein. »12/18 auf Empfang und schreibklar.« Pech gehabt.

»Fahrt zum Wedge-Gebäude, ein bevorstehender Suizid. Person droht zu springen. Der Notarzt und die Polizei sind ebenfalls alarmiert.« Ende der Mittagspause, die gar keine war.

Während wir vor den überdachten Eingang des sechseckigen, aus einer hohen Glasfront bestehenden Bürogebäudes rollen, dreht sich eine Menschenmenge zu uns um. Absperrbänder der Polizei verhindern, dass die Gaffer in das Gebäude dringen können. Gelegentlich trifft mein Auge in einzelne Gesichter, die gierig sind wie Kinder an Weihnachten, wenn es Geschenke gibt. Sie wähnen sich in anonymer Sicherheit.

Die meisten der Gaffer sind natürlich rein zufällig hier. Stehen beim Rauchen oder mussten genau jetzt mit ihrem Köter raus. Sie hoffen darauf, dass in ihre eigene heile Welt ein wenig vom Unglück anderer einzieht, damit es wenigstens eine Spur interessanter wird. Und fürs heimische Familienalbum werden schnell noch ein paar Fotos vom Ereignis geschossen.

Ein Gaffer hat sich auf dem Dach eines Unterstandes für Fahrräder postiert. Direkt gegenüber, mit bester Sicht. Professionell bewaffnet mit einer digitalen Spiegelreflexkamera und einem Teleobjektiv, mit dem er als Sportfotograf hätte auftreten können, lässt er seinem fotografischen Können freien Lauf. Hemmungslos. Mittendrin, statt nur dabei.

Kurze Zeit später werden Polizisten dem Hobbyfotografen einen Platzverweis aussprechen und die Kamera mitsamt Speicherkarte und Objektiv sicherstellen. Der Profi-Gaffer wird mindestens einen Monatslohn verkacken, denn die Ausrüstung sieht nicht billig aus. Die Strafe wird auch kein Schnäppchen sein. Selber schuld.

Ein Polizist deutet auf das Dach des Wedge-Gebäudes und nickt mir zu: »Das Psychologen-Team ist auch schon unterwegs«. Ich kann den Umriss eines Menschen erkennen. Christoph steht ganz oben und wartet an der Schwelle zum Jenseits. Er ist konzentriert und regungslos wie ein Turmspringer, der mit eleganten Bewegungen in kühle Fluten eintauchen möchte. Wenn jetzt niemand reagiert, kommt das Psychologen-Team zu spät.

Während Lenny über das Funkgerät den Kontakt zur Leitstelle hält, laufe ich in das Gebäude hinein. Der Aufzug braucht lang, bis er mich ins oberste Geschoss bringt. Ich drücke die große rote Stahltür auf.

»Verpiss' dich!«

»Hey ... Stopp! Warte!«, komme ich ihm näher. »Warte. Lass uns reden!«

Ich bewege mich auf Christoph zu. Defensive Haltung, beide Arme in Abwehr, als wenn ich einem Aggressor gegenüberstehe. Meine Augen treffen sich mit Christophs Augen, der etwas größer ist als ich und deutlich schwerer. Meine eigene Stimme erinnert mich an eine Ausgabe vom Wort zum Sonntag. Nur nicht zu laut werden oder gar aggressiv klingen, ist meine bescheidene Devise. Die nächsten Minuten werden zeigen, ob ich auf Christophs Ebene angekommen bin. Wenn ich Christophs Argumente entzaubern kann, verlässt er das Gebäude hoffentlich im Aufzug. Wir werden erhobenen Hauptes an den ganzen Gaffern vorbei gehen und den Rettungswagen betreten, dann werde ich Christoph in eine psychiatrische Klinik zur Krisenstation bringen. Und ich werde der Held in dieser Episode sein, die das Leben schreibt. So ist zumindest mein Plan.

Ich würde Christoph gerne sagen, dass er gar nicht mehr weiter sinken kann. Er müsste doch diese unglaubliche Sinnlosigkeit, genau jetzt zu springen und seine eigene Blindheit verstehen. Jetzt, wo es doch nur noch aufwärtsgehen und besser werden kann. Aber wie mache ich das? Auf jeden Fall mal das Wort ergreifen.

»Warum suchst du dir heute keine andere Nachtmittagsbeschäftigung?«

»Was geht's dich an?«

»Wenn der Lack in deiner Birne mal splittert, hilft 'ne Rundum-Kur.«

»Sicher. Psycho-Fuzzis gibt's genug, die einem die Knete mit Gefasel aus der Tasche ziehen. Lass' mich bloß in Ruhe. Ich habe kein Geld für so eine Scheiße.« Klare Antwort. »Jetzt eh' nicht mehr.«

»Wie meinst du das?«, frage ich.

»Vorgestern habe ich mich besoffen. Und dann habe ich meine Karre an so ein beschissenes Bushäuschen gefahren.«

»Verstehe.«

»Gar nichts verstehst du. Nichts. Ich mach' diese Scheiße nicht mehr so lange mit, bis ich mal meine goldene Uhr bekomme.« Einen kurzen Moment halte ich inne. Christoph blickt mich aus dem Augenwinkel an. »Und jetzt? Tu ich dir leid?«

»Niemand tut mir leid, der sein Leben einfach so in die Tonne treten will.«

»Einfach so«, sagt Christoph und starrt ins Leere.

Konfrontative Gesprächsführung ist nicht jedermanns Sache. Ich hoffe, ich habe mich nicht zu weit aus dem Fenster gelehnt. Meine Güte. Wie war das alles noch gleich? Paraphrasieren? Carl Rogers? Spiegeln? Alles vergessen. Alles. Verdammt. Nur die Konfrontation nicht. Mein Handy vibriert hörbar. Vermutlich ist es Lenny. Oder die Leitstelle, die einen Zwischenbericht haben möchte. Ich hebe nicht ab.

»Geh' doch dran. Sind bestimmt deine Kollegen. Die wollen wissen, was los ist.« Sarkasmus. »Die wollen hören, ob du mich schon davon überzeugt hast zu bleiben.«

»Und? Bleibst du?« Pause. Nur die Stadt und mein Herzschlag sind zu hören. Ich habe Angst vor Christophs Antwort.

»Was würdest du tun, wenn deine Frau dir in den Arsch tritt? Dich bescheißt. Mit 'nem anderen, dessen Kind sie dir noch anhängt. Und du zahlst und zahlst. Und was würdest du tun, wenn du deinen Job verlierst? Und du bist auch noch selbst schuld daran.« Wut steigt in ihm hoch. »Dann dein Führerschein. Der ist jetzt natürlich weg. Du hast nämlich gesoffen. Und genau deswegen ist dein Job weg und deine Karre im Arsch. Du wurdest dein Leben lang verspottet und geschlagen.« Christophs Schreien hallt über das Dach. »Ich habe alles verloren. Und keine Ahnung, wie ich es wiederbekommen kann.«

So war das nicht geplant. Eigentlich ist jetzt der Zeitpunkt, an dem ich Christoph eine Zigarette anbieten sollte und so die Länge einer Zigarettenschachtel an Zeit schinden könnte. Die Schachtel aus der Brusttasche holen, einen Glimmstängel herausnehmen, anzünden und genussvoll daran ziehen. Dann den Qualm in die Luft blasen, den Rauch schmecken. Und anschließend würde ich Christoph fragen, ob er auch eine haben möchte. Natürlich würde er mögen. Zum allerersten Mal in meinem Leben verfluche ich, dass ich nicht rauche. Keine Zigarette, kein Schinden von Zeit. Christophs Blick wendet sich dem Boden zu.

»Ich habe keine Lust mehr. Ich kann nicht mehr. Warum weitermachen, wenn das Aufhören so einfach ist.« Der letzte Satz kam so leise, dass ich ihn kaum verstehen konnte.

Blockade. Ich bin unfähig, noch einen vernünftigen konstruktiven Satz zu formulieren. Jetzt wäre der passende Zeitpunkt für psychologische Unterstützung. Ich muss jetzt reden. Es ist nur ein Gefühl, aber Schweigen ist in diesem Moment miserabel. Blockade. Mein Hirn ist blockiert.

Für einen Moment unaufmerksam streift mein Blick den Horizont und visiert die Silhouette der Stadt an. Christoph zieht eine schwarze Plastik-Rose aus der Innentasche seines Jacketts und hält sie in seiner ausgestreckten Hand. Der Wind pfeift leise.

»Das Panorama der Stadt ist wunderschön«, sagt Christoph leise, während ihm Tränen über das Gesicht laufen. »Der blaue Himmel ist so, wie ich ihn mir für heute gewünscht habe.«

Christoph tritt über den Rand der Dachbegrenzung und fällt lautlos in den Tod.

Im Moment des Fallens scheint die Stadt den Atem anzuhalten. Für mich dauert es Minuten, bis ein dumpfes Klatschen zu hören ist, und ich weiß, es ist vorbei. In Wirklichkeit sind es aber nur Sekunden.

Für einen Augenblick ist es so, als wäre ich selbst gesprungen und hätte den Schritt über die Schwelle getan. Das Pfeifen meines Tinnitus wird immer lauter, während ich an den Rand des Daches krieche und Christoph mit zerplatztem Kopf unten liegen sehe. Ich habe ihn verloren.

Die Himmelsgöttin Nut läutet den Sonnenuntergang im Westen des Horizontes ein. Es riecht nach Gegrilltem. Am Himmel zieht ein Flugzeug vorüber und schleppt einen weißen Schleier hinter sich her. Und in der Ferne ein Martinshorn - vielleicht das Psychologen-Team. Die Gaffer starren mich an, als ich die Eingangstür des Wedge-Gebäudes verlasse. Ihre Blicke verfolgen und durchbohren mich. Mit hässlichen Gummi-Gesichtern sagen sie mir wortlos, ich habe versagt.

Kindergeschrei und das Weinen der umherstehenden Menschen lassen mich frieren, während zwei junge Polizisten Christoph mit einem Tuch abdecken. Der Schreck steht ihnen ins Gesicht geschrieben, als sich das Tuch auf der einen Seite rot einfärbt. Die Polizisten wünschen sich in diesem Moment, an einem anderen Ort zu sein. Genau wie ich.

Ungeladen

Zwischen zwei und sechs Uhr morgens sind die Einsätze am schlimmsten. Dann, wenn die Nacht tiefschwarz ist und die Zeit sich anfühlt, als wäre sie eine klebrige und zähflüssige Masse. Kein Mensch ist auf der Straße. Nur ein paar armselige Kreaturen, die als Nachtschwärmer umherziehen und das Glück suchen.

Mein Gegner ist eine milchig-trübe Wand aus Glas und schwer wie Blei. Müdigkeit. Ein treuer Begleiter, der das Glitzern der Stadt wie einen LSD-Trip aussehen lässt. Um zwei Uhr früh habe ich erst zwei drittel Dienstzeit hinter mir. »Der Rettungsdienst hat Zukunft« sagt man, denn kranke Menschen wird es immer geben. Und ich bin ein rot-weißer Engel in rettender Mission. Nein, stimmt nicht. Ich bin Zaungast in erster Reihe am Abgrund unserer Gesellschaft.

Zwei Uhr fünf. Alleine sitze ich am Küchentisch unserer Rettungswache. Nur das leise Surren des steinalten Kühlschranks ist zu hören, während eine defekte Birne der Küchenlampe vor sich hinflackert. Untätig und wie eingefroren versuche ich, meinem Körper nach dem letzten Einsatz etwas Erholung zu gönnen. Schwimmend im Nichts.

Ein Alarm schubst mich aus meiner Lethargie und hämmert wie verrückt auf meinen Kopf ein. Ich habe in den letzten Stunden viel zu wenig getrunken und zu schwer getragen. Verspannung. Mein Rücken schmerzt noch vom letzten Patienten. Eines von Murphys unzähligen Gesetzen fällt mir dazu ein: Je schwerer ein Patient ist, desto weiter oben im Haus wohnt er. Wenn es fünf Stockwerke gibt, lebt der Patient im fünften Stockwerk. Und mit dem Gewicht des Patienten steigt die Wahrscheinlichkeit linear, dass kein Aufzug im Haus vorhanden ist. Aber ein schwerer Patient wird jetzt nicht mein Problem sein.

Wir rollen vor das Haus der Anruferin. Eine kleine alte Frau mit grauem Dutt und rot verquollenen Augen steht im Morgenmantel vor ihrem Gartentor. Einen kurzen Moment habe ich den Eindruck, ein heller Schein umhüllt die Frau.

Lenny nimmt Absaugung und Defibrillator, ich greife den Notfallrucksack und Sauerstoffeinheit. Die alte Frau weint.

»Bitte ... bitte kommen Sie! Ich glaube, er ist schon ...« Bitteres Flehen.

Tot? Nein, sie täuscht sich. Sicher ist er nur gestürzt. Wahrscheinlich ein Oberschenkel-Bruch. Und er kommt nicht mehr hoch. Oder er hat einen Schlaganfall. Wir würden uns natürlich noch im Zeitfenster für eine erfolgreiche Behandlung bewegen und ihren Mann rechtzeitig ins Krankenhaus bringen. Oder er hat vielleicht einen Herzinfarkt und bekommt von uns Aspirin, Sauerstoff und einen Betablocker. Anschließend bringen wir ihn schnell zum Herzkatheter-Labor, das er ohne Schaden und völlig gesund verlassen wird.

Und alles wird gut.

Fiktion.

Mein Gedanke an einen guten Ausgang platzt wie eine Seifenblase, als wir das Zimmer betreten. Der Mann liegt auf dem Boden des hellen Altbau-Wohnzimmers mit Stuckdecke und Holzparkett, im Gesicht weiß-blau marmoriert. Die Augen sind geöffnet, sein Mund auch. Man könnte meinen, jemand hat die Pause-Taste am Videorekorder gedrückt und die Zeit angehalten. Der Mann bewegt sich nicht mehr. Atmet nicht mehr. Nie mehr.

Ein Bogen des Lebens schließt sich.

Er war nachts vor Durst aufgewacht, während seine Frau tief und fest schlief. Und während er in das Wohnzimmer getreten war, hatte ihn der schwarze Hauch des Todes gestreift. Kühl, herzlos und präzise. Erst einige Stunden später war seiner Frau aufgefallen, dass ihr Mann nicht mehr an seinem Platz neben ihr lag. Sie machte sich auf die Suche. Als sie ihn fand, wusste sie, dass achtundvierzig Jahre Ehe nun zu Ende sind.

»Der Tod kommt immer ungeladen.« Ich blicke in das schmale eingefallene Gesicht der Frau. Für sie beginnt jetzt der Blues, der die Melodie der Nacht spielen wird.

»Es tut mir so unendlich leid.« Ich schwebe in einem gütigen Vakuum, während die kleine alte Frau seine Hand hält und weint. Dieser Abschied lässt Tränen erstarren. Die Zeit fließt langsam vorbei, umhüllt von dunklem Pastell.

Lenny und ich sitzen in unserem Rettungswagen, wohlbehütet auf dem Weg in die Wache. Schweigen und Fassungslosigkeit herrschen darüber, dass wir einmal mehr verloren haben. Manchmal meine ich, die Seelen der Verstorbenen stehen hinter uns, wenn ich einen toten Körper wiederbelebe. Sie beobachten uns, wie wir sie zu retten versuchen. Verärgert möchten sie, dass wir aufhören. Und wir tun es einfach nicht, denn unser Ego ist angekratzt. Wir haben Angst davor, den Tod zu akzeptieren - er gehört aber zum Leben. Untrennbar.

Sechs Uhr fünfzehn. Ich bin endlich abgelöst. Als ich die Wache verlasse, riecht es nach Morgen, während mir gleißendes Licht entgegenschlägt. Die Farben explodieren grell, spielen verrückt und schmerzen in meinen Augen. Die Wirklichkeit sieht für mich aus, wie ein enger grauer Tunnel, der unendlich zu sein scheint. Der Tag beginnt seinen Lauf, und ich werde jetzt schlafen. Hoffentlich.

Ich mache mich auf den Heimweg. Und wünsche mir so sehr, dass die kommende Schicht ruhiger sein wird.

Todgeweiht

Ausgerechnet heute liefern diese Idioten die Obstpaletten stapelweise an. Ludwig, der Besitzer eines kleinen Ladens für Früchte und Spezialitäten aus dem Morgenland, hängt schon am Telefon und ruft nach seinem Schwiegersohn.

»Hier ist Ludwig. Kannst du mir helfen? Die Lieferanten meinen, sie müssten mich heute mit Ware überschütten.« Irgendetwas war während der Bestellung quer gelaufen. Keine drei Minuten später sitzt Paul am Lenkrad seines schneeweißen Lieferwagens und startet den Dieselmotor. Die Ware soll auf zwei Geschäfte aufgeteilt werden.

Ludwig passt das nicht. Heute hat er den neunzehnten Hochzeitstag mit seiner Frau Lena. Zu diesem Anlass wollte er sie fein zum Mittagessen einladen. Neunzehn Rosen sollten es sein und ein Tisch beim Edel-Italiener um die Ecke. Mittags ist stets eine gute Gelegenheit, denn die Kinder sitzen dann noch immer in der Schule.

Trotz der misslichen Situation ist die Laune der beiden Männer gut und passt zum wolkenfreien Sommertag, an dem die Luft nach Grillsaison riecht. Der Lieferwagen ist beladen bis unter das Dach mit Obst und Gemüse. How many roads - Bob Dylan näselt im Radio. Niemand denkt an etwas Böses.

Das Unglück geschieht erst, als die Männer schon eine Weile auf der Hauptstraße sind. Paul tritt das Gaspedal, weicht einem Schlagloch aus und zieht das Lenkrad mit einem Schlenker nach rechts. Ein Poltern dringt von hinten aus dem Laderaum. Eine Gemüsekiste scheint umgekippt zu sein. Ludwig flucht, Paul dreht sich um. Der Lieferwagen driftet nach Links. Ludwig ist der Erste, der es merkt. Aber es ist zu spät. Niemand kann mehr eingreifen. Dann ist der Schulbus da. Reifen schlittern über den Teer. Und der Knall, der alles enden lässt.

Eins - zwei - drei - vier Sekunden lang Stille. Dann schreien Kinder. Die Fahrgastzelle des Busses ist so gut wie unbeschädigt. Nur der Ruck verletzte einige Schüler und den Busfahrer leicht, der hilflos am Steuer sitzt und sich am Lenkrad festhält. Die Augen weit aufgerissen starrt er auf den weißen Transporter, der in das gelb lackierte Metall des Linienbusses eingetaucht war und durch eine unsichtbare Kraft abprallte. Wasserdampf steigt aus dem Motorraum auf, der die Sicht auf Paul und Ludwig verdeckt. Autos halten an der Unfallstelle, die sowieso nicht passierbar ist. Endlich wählt jemand den Rettungsdienstnotruf.

Lenny und ich stehen vor einer italienischen Eisdiele am Ende einer langen Schlange und freuen uns wie kleine Kinder auf die kühle Vanilleeiscreme. Keiner der fünfzehn Wartenden kommt auf die Idee, dass wir es eilig haben könnten. Niemand lässt uns nach vorne. So kommt es, wie es kommen musste. Kein Eis, dafür ein Einsatz.

Wir stehen nicht weit weg. Einen Kilometer Luftlinie, Anfahrtszeit: eine Minute. Theoretisch hätten wir den Unfall hören müssen.

Die Feuerwehr hat den Transporter bereits abgeschottet und einen Sichtschutz angebracht. Lenny läuft zum Schulbus und zählt die Verletzten, ich stehe vor Pauls weißem Lkw. Mein Blick trifft zuerst auf Paul.

So stabil die A-Säule ein Auto macht, so gefährlich ist sie bei einem seitlichen Frontalaufprall. Paul hatte ihr nichts entgegenzusetzen. Die Säule hatte sich wie nichts in seinen Schädel hineingeschoben und das Gesicht entzweit. Überall nur Blut und Hirnmasse. Ich fühle einen Puls an Pauls Handgelenk.

»Ist er tot?« Ich erschrecke. Ludwig hatte mir den Kopf zugedreht. »Diese verdammte Gemüsekiste.«

»Nein, aber er ist schwer verletzt. Wie heißen Sie?«

»Ludwig.«

Während ich Ludwig unser weiteres Vorgehen erkläre, legen Lenny und ich venöse Zugänge zum Ausgleich des Blutverlustes. Die beiden Männer sind so schwer eingeklemmt, dass wir ansonsten keine weiteren Versuche der Rettung unternehmen können. Zwei Rettungshubschrauber sind auf dem Weg zu uns.

Der Feuerwehrkommandant möchte zuerst Paul rausholen. Seine Männer setzen Schere und Spreizer ein. Die A-Säule bricht, Scheiben bersten. Dieselgeneratoren stinken und übertönen jeden Versuch, Ludwig auf dem Laufenden zu halten.

Seine Augen glänzen in Panik, als wir Paul auf die Trage des zweiten Rettungswagens legen und sich ein Blutsee bildet. Paul lebt, aber alle Reaktionen sind erloschen. Einer der Helikopter bringt ihn in ein Krankenhaus der maximalen Versorgungsstufe, aber es wird Paul nichts mehr nutzen. Kurz vor Erreichen der Klinik stirbt er.

Nachdem Paul in den Hubschrauber gebracht wurde, kauere ich am Beifahrersitz des zerstörten Transporters. Ludwig tut mir leid. Sehr leid. Er sieht auf seine Beine, während ihm Tränen die alten Wangen hinunterlaufen.

»Ich kann sie nicht spüren.«

Die Konsole hatte sich einen zerstörerischen Weg gebahnt. Plastik- und Eisenteile hatten Ludwigs Bauch knapp oberhalb des Beckens durchstoßen und scheinen ihn von seinem Unterleib zu trennen. Das heißt, die Baucharterie ist ebenfalls beschädigt. Und mit ihr alle großen Gefäße in diesem Bereich. Es ist aber wenig Blut zu sehen. Der drohende Blutverlust wird vermutlich mit der Kompression durch die Fahrzeugteile unterbunden.

Dies bedeutet im Klartext: Wenn wir Ludwig befreien, verblutet er augenblicklich. Eine Alternative existiert nicht. Kein Chirurg dieser Erde wäre zügig genug, hier einzugreifen.

»Hast du einen Plan?«, blickt mich Lenny an. Ich schüttle den Kopf und fühle mich so mies wie schon lange nicht mehr.

»Was ist? Holt mich endlich hier raus«, sagt Ludwig, »oder könnt ihr nicht?« Niemand bewegt sich. Keiner reagiert. »Ihr könnt es nicht ...«

»Nein.« Ich halte seinen Arm, während ich den übrigen Männern deute, sie sollen gehen. Auch Lenny, der sich in greifbarer Entfernung bereithält. Auf der Straße herrscht Stillstand.

»Wir wollten das Gemüse in meinen anderen Laden bringen. Später wollte ich mich mit Lena treffen.«

»Ihre Frau?«

»Ja.«

Ich spüre Brechreiz, den ich aber unterdrücken kann. Das kann nicht wahr sein, denke ich. Ich spreche es nicht aus. Lenny hat mitgehört und versucht, Lena mithilfe der Polizei zu finden und herzubringen. Ich sage es Ludwig.

»Quatsch. Sie soll lieber ins Krankenhaus kommen. Da kann ich sie besser brauchen.«

»Ludwig?«, sage ich.

»Ja?«

»Wir werden es nicht schaffen.« Pause. Das Rauschen der Straße hallt an uns vorbei. »Es tut mir so leid.«

»Ich muss sterben?«

»Sie sind sehr schwer verletzt. Wenn wir Sie hier rausholen, werden Sie verbluten.«

Ludwigs Gesicht ist eingefallen. Ausgemergelt und blass, als ob er eben aus dem Vietnamkrieg nach Hause gekommen ist. Dabei sind seit dem Unfall nur fünfzig Minuten vergangen.

»Und Lena? Und die Kinder?«, sagt Ludwig.

»Ich weiß es nicht. Ich hoffe, dass Lena es hierher schafft, bevor es so weit ist.«

Der Blutdruck fällt weiter in Richtung Keller. Siebzig zu vierzig, Puls hundertzwanzig. Er driftet in den Volumenmangelschock. Wir können ihn nicht mehr lange stabilisieren, denn Ludwig verliert zu viel Blut.

»Wie ist Sterben?«, fragt er mich.

»Ich glaube daran, dass es Erlösung und Freiheit bedeutet.«

»Keine Schmerzen?«

»Nein. Nur einen kurzen Moment Atemnot.«

»Aber Lena ... sie schafft es nicht mehr rechtzeitig zu mir.« Ludwig weint.

Weit und breit ist nichts von ihr zu sehen. Kein Polizeifahrzeug, das Lena mit Blaulicht an die Einsatzstelle bringt. Ich biete Ludwig an, ihm Morphium verabreichen zu lassen, um Schmerzen besser ertragen zu können. Er lehnt ab. Systolischer Blutdruck: vierzig. Puls: kaum tastbar. Ludwigs Stimme ist fast nicht mehr zu hören. Ich drehe die Infusionen weiter auf. Es ist nutzlos, und jeder von uns weiß es.

»Ich liebe sie«, sagt er und schließt die Augen, während seine Seele dorthin schwindet, wo ihr Ursprung ist.

Lenny und ich werden Lena später am Krankenhaus treffen. Sie wird Ludwigs Sachen in Empfang nehmen und darüber entscheiden, was mit seiner sterblichen Hülle geschehen soll. Wenn ich ihr Ludwigs letzten Satz sage, wird sie zusammenbrechen. Ich möchte ihr das trotzdem nicht ersparen, denn sie hat ein Recht auf die letzten Minuten ihres Mannes. Und auf den letzten Satz, der ihr alleine galt.

Ludwig hatte ich erzählt, was er meiner Meinung nach am ehesten über das Sterben hören wollte, unerheblich, ob ich daran glaubte oder nicht. Er hat es mir abgenommen.

Epilog

Wer im Rettungsdienst tätig ist, muss ein dickeres Fell besitzen, als er es sich je zu träumen gewagt hatte. Den Menschen passieren schlimme Schicksale. Unverschuldet werden sie aus dem Leben gerissen, verstümmelt oder verletzt, bringen sich selbst oder jemand anderen um. Für dieses Buch habe ich einige spezielle Einsätze herausgesucht, von denen ich meine, dass sie Ihnen im Gedächtnis bleiben. Ich werde diese Einsätze jedenfalls nie vergessen.

Würde ich den Beruf »Rettungsassistent« noch einmal ergreifen, wenn ich vor die Entscheidung gestellt würde? Diese Frage kann ich nicht so ohne Weiteres beantworten. Familienfeindlicher Schichtdienst und schwere gesundheitliche Belastungsmomente durch ständige Wechselschicht machen mir ebenso zu schaffen, wie die permanente Konfrontation mit Tod und Zerstörung. An jedem Tag wird mir schmerzhaft bewusster, wie zügig das Leben zu Ende sein kann. Dazu gesellen sich miese Bezahlung und eine schlechte Lobby in der Bevölkerung, die den harten Anforderungen im dienstlichen Alltag diametral gegenüberstehen. Uns Rettern bleibt also nicht viel.

Aber der Job lohnt sich trotzdem. Ab und zu gelingt es uns, in letzter Sekunde am richtigen Ort zu sein und Leben zu retten. Oder einfach nur eine Hand zu halten und tröstenden Zuspruch dort anzubringen, wo er gebraucht wird. Jeder Patient bewirkt in mir, dass ich mein eigenes Leben viel mehr schätze, als ich es je getan habe - »Carpe Diem« bekommt im Rettungsdienst eine völlig neue Bedeutung.

Meistens bleibt uns aber nur die Akzeptanz dafür, dass das Leben untrennbar mit dem Tod verbunden ist.

Mein Dank gilt

- Alice Wüst, für Profitipps bei der Umschlaggestaltung.
- Anita Pfrogner, für beste Ratschläge & Kritik. Danke, dass Du für mich da bist.
- Anna Castronovo, ohne die ich eine ganze Menge übersehen hätte.
- Anna Mayer, für konstruktive Kritik.
- Armin Maurer, für jahrelange beste Freundschaft und unzählige wertvolle Ratschläge. Du machst mein Leben einfacher.
- der Facebookgruppe »Buchcover«, für die Entscheidungshilfe.
- Ilona Schneider, ohne die dieses Buch überhaupt nicht möglich gewesen wäre. Nicht nur dafür liebe ich sie.
- Nadine Lerchl, für diverse Foto-Ideen. Werde eine gute Rettungsassistentin!
- Sabine Schneider, für wertvolle Korrektur und inhaltliche Tipps, die das Buch besser machen.

Und den anderen, die wissen, wofür.

Fotonachweise:

Seite 24: © Birgit Lieske / PIXELIO
Seite 33: © Rainer Sturm / PIXELIO
Seite 37: © Gregor Wendland / PIXELIO
Seite 8,12,19,24,50,58,63,81,110,114,125,137,139,140 © Christian Strzoda

Cover: © Christian Strzoda

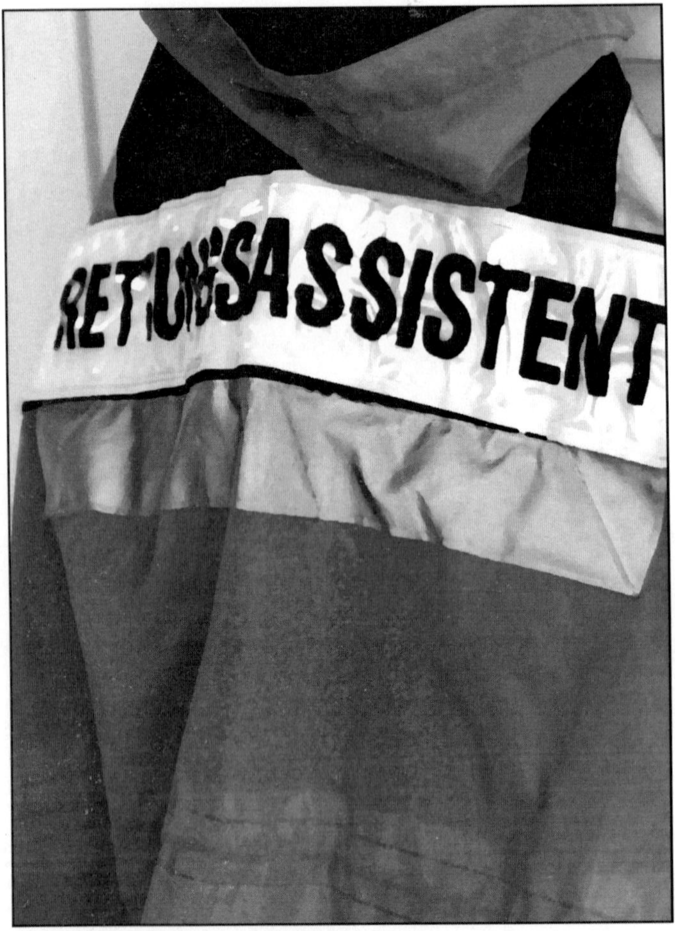

Einsatzjacke »Rettungsdienst« nach DIN EN 471, Bekleidungsklasse 2